AF295931

CHAQUE PIÈCE, 20 CENTIMES.
155ᵉ LIVRAISON.

THÉATRE CONTEMPORAIN ILLUSTRÉ

MICHEL LÉVY FRÈRES, ÉDITEURS,
RUE VIVIENNE, 2 BIS

LOUISE DE NANTEUIL

PIÉCE EN CINQ ACTES

PAR M. LÉON GOZLAN

REPRÉSENTÉE POUR LA PREMIÈRE FOIS, A PARIS, SUR LE THÉATRE DU VAUDEVILLE, LE 14 JANVIER 1854.

DISTRIBUTION DE LA PIÈCE.

HENRI DE SOMERVILLE.	MM. Félix.	THOMPSON, valet de chambre.	MM. Albert.
GASTON DE LOMBARDY.	Fechter.	UN DOMESTIQUE.	Lange.
LE DUC DE SOMERVILLE.	Chambéry.	LOUISE DE NANTEUIL.	Mᵐᵉ Doche.
MALLER.	Léonce.	ADELINE DE St-PERAY.	Caroline Bader.
LE COLONEL BOROSKI.	Bastien.	IRMA.	Marie Lafont.
M. DE St-PERAY.	Léon Désormes.	JULIETTE, femme de chambre.	M. Millot.

ACTE I.

Le théâtre représente le salon d'une jeune femme élégante de la Chaussée-d'Antin. Juliette entre et fait passer Adeline devant elle.

SCENE I.

ADELINE, JULIETTE.

ADELINE.

Dieu, que c'est beau ici. Ah! c'est très-beau. Voilà donc l'hôtel que monsieur de Somerville lui a donné, qu'il a fait bâtir exprès pour elle. Quelle richesse! quelle élégance! Allez dire, je vous prie, à votre maîtresse que je l'attends.

JULIETTE.

C'est que madame est en ce moment avec son peintre.

ADELINE.

Ah! alors... n'importe! allez lui dire que son amie Adeline de Saint-Peray est dans son salon à l'attendre.

JULIETTE.

J'y vais, madame... Si madame veut parcourir les journaux...

SCÈNE II.

ADELINE, seule; elle prend sur un meuble un mouchoir dont elle examine les coins.

Un chiffre : un L et un H, Louise et Henri, son nom et celui de monsieur de Somerville. Oh! le gracieux album : encore un L et un H en caractères d'or sur le maroquin : il est difficile d'ignorer... Il est vrai que Louise ne cherche pas à cacher ce que personne n'ignore plus... (Elle ouvre un nécessaire.) Des lettres parfumées... (Elle regarde l'enveloppe des lettres qu'elle prend dans un tiroir.) Timbrées de Londres, de Paris .. Ah! oui!.. de Londres, monsieur de Somerville est Anglais... Comme cette Louise est négligente! laisser traîner sa correspondance partout... ce n'est pas moi qui... mais moi je ne reçois pas de lettres... Il ne faut jamais écrire!... (Elle s'approche de la cheminée et prend dans une corbeille des cartes de visite.) Voyons, qui reçoit-elle? (Elle lit.) Le duc de Palestrina... la marquise de Villanova... le colonel Boroski... monsieur Maller... des Italiens, des Polonais, des Allemands, rien que des étrangers chez elle; c'est assez naturel, elle est conquise, c'est l'invasion.

SCÈNE III.

LOUISE, ADELINE, puis THOMPSON.

LOUISE.

Chère Adeline!

ADELINE.

Bonne Louise, que je te désirais!...

LOUISE.

Tu reviens tard, cette année, de la campagne.

ADELINE.

Un peu plus tard que de coutume; toi, il y a déjà longtemps sans doute que tu es revenue de Chantilly?

LOUISE.

Je n'y suis allée que quelques jours pour les courses. L'an prochain, je compte y passer la saison entière. La villa que monsieur de Somerville fait bâtir à Chantilly même sera alors finie... Tu viendras m'y voir, j'espère?

ADELINE.

N'en doute pas; et j'amènerai avec moi notre chère camarade de pension.

LOUISE.

Irma.

ADELINE.

La simple et naïve Irma; qui a fait le plus ridicule mariage! Elle a épousé, figure-toi, un droguiste de la rue Saint-Denis, un mariage à la cannelle et aux clous de girofle. Mais enfin, me diras-tu, elle est mariée. Parlons de nous.

LOUISE.

Te voilà donc de retour à Paris et dans ta vieille rue de l'Université!

ADELINE.

Et pour toi ma première visite.

LOUISE.

Je t'en remercie.

ADELINE.

Mais je t'ai dérangée; tu étais avec ton peintre?

LOUISE.

Il me disait adieu quand Juliette est venue t'annoncer.

ADELINE.

C'est ton portrait que tu fais faire?

LOUISE.

C'est mieux que mon portrait.

ADELINE.

Quelle modestie! Est-ce celui de monsieur de...?

LOUISE.

Non, ce n'est pas celui de monsieur de... c'est mieux encore. Mais, va! je suis bien heureuse. Il est, je crois, d'une ressemblance!... et songe que le modèle n'a pas posé.

ADELINE.

Il est bien heureux, ce modèle.

LOUISE.

Ne ris pas. Il s'agit d'une personne soudainement enlevée à sa famille et dont on avait toujours négligé de faire faire le portrait; par mes ordres, le peintre est allé à Holyrood, en Écosse, copier dans la galerie des portraits historiques une figure qui a une analogie extraordinaire avec celle dont je voulais le portrait; je le voulais à tout prix. Enfin, je l'ai, je le possède, il est dans mon boudoir depuis une demi-heure. Oh! oui, je suis bien heureuse! Mais parlons de toi, de ta maison. Et ton mari? (Elles s'asseyent à gauche.)

ADELINE

En parfaite santé.

LOUISE.

Toujours dans l'administration des chemins de fer?

ADELINE.

Toujours; mais nous avons eu de l'avancement.

LOUISE.

Ah! tant mieux!

ADELINE.

Tu sais que monsieur de Saint-Peray n'avait que quatre mille francs d'appointements : monsieur Bernard l'a pris dans sa division : il a huit mille francs maintenant; monsieur Bernard...

LOUISE.

Ce monsieur Bernard, dont tu m'as souvent parlé, n'est-ce pas ce grand monsieur blond, que j'ai vu tout l'hiver dernier à l'Opéra avec toi?

ADELINE.

Avec moi et mon mari.

LOUISE.

Et ton mari.

ADELINE.

Mais, comme tu es belle!

LOUISE.

Je suis heureuse, voilà ma beauté.

ADELINE.

Ah! tu es heureuse? Monsieur de Somerville vient souvent ici, je crois.

LOUISE.

Alors c'est fête pour moi. Mais que dit-on dans le monde? Ah! j'oublie que tu arrives de la campagne.

ADELINE.

Oh! j'ai vite réparé le temps perdu.

LOUISE.

Eh bien! que dit-on? De qui parle-t-on?

ADELINE.

De qui?... Tu veux le savoir?...

LOUISE.

Mais oui. Quel visage composé tu prends!

ADELINE.

On parle beaucoup de toi.

LOUISE.

Ah! et que dit-on de moi?

ADELINE.

Tu ne te fâcheras pas?

LOUISE.

En vérité!...

ADELINE.

Eh bien! on dit que la manière de vivre est un peu...

LOUISE.

Un peu?...

ADELINE.

Tu comprends...

LOUISE.

Non...

ADELINE.

Un peu mystérieuse, légère. (Mouvement de Louise.) Laisse-moi achever. Sans doute, elle n'est pas plus mystérieuse, me répondras-tu, que celle de madame de Saint-Roberti, mais madame de Saint-Roberti est mariée. Elle n'est pas plus légère que celle de madame de Volmare, je n'en disconviens pas, mais madame de Volmare est veuve. Ah! si l'on pouvait venir au monde veuve! ensuite, ma chère Louise, madame de Volmare et madame de Saint-Roberti cachent leur position.

LOUISE.

Mais je n'ai rien à cacher, moi.

ADELINE.

Ah! alors si tu acceptes que l'opinion dise de toi... qu'elle qualifie ton existence, ta vie...

LOUISE.

Enfin, que pourrait-on dire de moi?

ADELINE.

Puisque tu tiens tant à le savoir, on dit : que puisque tu souffres que monsieur Henri de Somerville, avec qui tu n'es pas encore mariée, satisfasse, avec la délicatesse d'un amant, avec la magnificence d'un prince, à tes moindres désirs, on dit... que tu es... une femme...

LOUISE.

Eh bien?

ADELINE.

Non!... (Elle écrit sur un feuillet d'album, le déchire et le donne à Louise.) Lis... (Louise prenant le feuillet et le lisant. Moment de silence. Elles se lèvent.*) Voilà comment le monde qualifie ta vie.

LOUISE.

Ma vie! ma vie! mais je ne l'ai pas faite. Issue d'une ancienne famille titrée, ma mère, qui avait commencé par être très-riche, n'a cru, jusqu'à son dernier moment, malgré la décadence profonde de sa fortune, qu'à la grandeur, qu'au faste, qu'à l'étiquette, sans jamais prévoir l'avenir. Parce qu'elle avait été élevée à Écouen, elle me fit élever à Saint-Denis où je te connus Rien ne justifiait déjà plus ce luxe d'éducation. Pauvre mère! après la gêne vint la privation; la misère nous menaçait; nous allions en éprouver, elle et moi, toutes les humiliations à notre retour de Naples, où elle avait voulu aller prendre les bains de mer, inutile remède à ses maux. Nous nous arrêtâmes à Turin; là, faute de pouvoir payer la dépense d'un mois, nous fûmes retenues à l'hôtel; nous ne pouvions plus rentrer en France. La santé de ma mère déclinait d'heure en heure... plus de ressources. Sans la main délicate, sublime, de monsieur de Somerville, que nous avions connu à Naples, et à qui, par hasard, on parla de nous dans l'hôtel... Il accourut. Comme il prit soin de ma mère! jusqu'à sa dernière minute, il lui laissa ignorer d'où partait le bienfait de cette généreuse assistance. Peut-être la bonne et imprévoyante femme ne s'occupa-t-elle jamais de le savoir. Aussi, le lendemain de sa mort, je me trouvai entre un piano et une harpe, en face de la misère la plus complète. Je n'avais pas de parents, pas d'amis, pas de profession. Que devenir au milieu d'une ville étrangère? Monsieur de Somerville était là, mêlant ses tristesses aux miennes... Il me tendit pieusement la main... J'y laissai tomber la mienne avec une larme. Ses bienfaits, disait-il, acquittaient une dette de famille; son père avait connu le mien pendant la guerre, c'était une restitution, une restitution dont, je l'avoue, je ne lui ai pas demandé compte. J'ignore si j'ai été légère, mais je sais que j'allais m'éteindre dans l'abandon, que je n'avais pas de pain, et qu'aujourd'hui, grâce à lui, je puis en donner aux autres.

ADELINE.

Ah! s'il en est ainsi!... d'ailleurs moi, je n'ai jamais partagé les préjugés de ceux...

THOMPSON, portant une carte de visite sur un plat d'argent.

Elle a été remise hier au soir, quand madame venait de partir pour le spectacle.

LOUISE.

C'est bien! (Thompson s'en va. Lisant.) Monsieur Gaston de Lombardy. (A part.) Gaston!...

ADELINE.

Une connaissance de monsieur de Somerville; toi-même tu le connais; mais oui, tu m'as parlé de lui autrefois, te souviens-tu? c'était à ton retour d'Italie.

LOUISE.

Je l'ai connu à Naples; monsieur Gaston de Lombardy, alors officier de marine, nous fut présenté à un bal de l'ambassade française.

ADELINE.

Ce fut une espèce de premier amour.

LOUISE.

Oui, un premier amour.

ADELINE.

Mais très-vif, très-exalté.

LOUISE.

Monsieur de Lombardy voulait m'épouser; ma mère, qui ne le trouva pas assez riche, l'éloigna vite et même assez cavalièrement, malgré son titre de comte de Lombardy.

ADELINE.

Et il alla se noyer?

LOUISE.

Je n'entendis plus parler de lui.

ADELINE.

Tu dus bien vite être oubliée, ma pauvre Louise; car j'ai entendu parler d'un autre amour...

LOUISE.

D'un autre amour?

ADELINE.

Oui, une jeune fille italienne. Amour partagé, amour violent; histoire tragique.

LOUISE.

J'ignorais...

ADELINE.

On va jusqu'à dire qu'il aurait, dans un moment de jalousie, donné la mort à cette jeune fille.

LOUISE.

On va bien loin, peut-être; mais enfin, comme tu le dis, cela prouve que je fus bien vite et complétement oubliée.

ADELINE.

Qu'il ait causé ou qu'il n'ait pas causé la mort de sa maîtresse, toujours est-il que monsieur de Lombardy jouit d'une singulière réputation; constamment sur les grandes routes d'Italie, l'été dans les villes où l'on joue, l'hiver on ne sait où... vivant dans les plus hautes régions de la société, et n'ayant pas d'état de maison, de domicile fixe. Enfin on va jusqu'à dire...

LOUISE.

Le monde devient de jour en jour plus généreux en calomnie.

ADELINE.

On a promis de me raconter sur lui une aventure qui fait grand bruit en ce moment en Italie : tu la connais peut-être?

LOUISE.

Non... encore quelque crime bien noir?

ADELINE.

On ne dit pas cela.

LOUISE.

Ah! mon Dieu... puisqu'on ne m'épargne pas, puisqu'on n'excepte personne, je comprends qu'on le déchire. Crois-moi, on dit de lui que c'est un aventurier, comme on avait dit de moi...

ADELINE.

Ne parlons plus de cela! tu me connais... je viendrai toujours te voir, moi.

LOUISE.

Je te remercie.

ADELINE.

Après-demain c'est ton jour de réception, je viendrai à la matinée... Adieu, adieu, chère.

LOUISE.

Adieu!

ADELINE, sur le seuil.

Pense au monde, pense au monde, à bientôt. (Elle sort.)

SCÈNE IV.

LOUISE; puis SOMERVILLE, LOMBARDY; puis THOMPSON.

LOUISE, seule.

Une femme!... Ah! ce mot m'a outragée, il m'a tuée. Le monde a des expressions... ce n'est pas une expression, c'est un poignard.

THOMPSON, annonçant.

Monsieur Henri de Somerville, monsieur Gaston de Lombardy.

SOMERVILLE.

Je vous amène mon ami, monsieur Gaston de Lombardy.

LOMBARDY.

Qui a osé venir tout seul hier dans la soirée vous présenter, madame, les premiers hommages de retour; j'arrive à peine.

LOUISE.

Oui, je sais, monsieur... hier, pendant que nous étions à l'Opéra-Comique.. Mais des siéges, messieurs...

SOMERVILLE, à Louise.

Regardez... il est brun comme un pirate; (à Gaston) et d'où diable venez-vous?

LOMBARDY.

J'ai arrêté le courrier.

LOUISE.

Le courrier?

LOMBARDY.

Je lui ai pris trois cent mille francs.

SOMERVILLE.

En or?

LOMBARDY.

En or et en argent.

LOUISE, à part.

Sans doute l'histoire dont Adeline m'a parlé.

LOMBARDY.

Et j'ai tué trois hommes.

SOMERVILLE.

Ceci passe la plaisanterie.

LOMBARDY.

Ma parole d'honneur de brigand; mais comme je ne veux pas que vous appeliez le poste voisin pour me faire arrêter, je vais vous donner quelques mots d'explication, si toutefois vous le jugez nécessaire.

LOUISE.

Sans doute, monsieur; le courrier arrêté, trois hommes tués.

LOMBARDY.

Les routes ne sont pas très-sûres dans le glorieux royaume des Deux-Siciles.

SOMERVILLE.

J'en sais quelque chose. Je ne suis pas allé une seule fois de Gaëte à Naples sans être arrêté par les bandits.

LOMBARDY.

C'est précisément sur cette route classique du guet-apens que j'ai fait le beau coup de main qui m'a rendu célèbre dans toute l'Italie. Or, un soir de carnaval...

THOMPSON.

Une voiture chargée de fleurs entre dans la cour, je viens demander à madame...

LOUISE.

Une voiture chargée de fleurs?...

SOMERVILLE.

C'est moi qui ai fait venir quelques rosiers et quelques magnolias pour votre matinée d'après-demain.

LOUISE.

Que vous êtes bon!...

SOMERVILLE, à Thompson.

Qu'on dépose ces fleurs dans l'antichambre. (A Lombardy.) Continuez, monsieur le voleur de grand chemin.

LOMBARDY.

Or, un soir de carnaval, j'étais à faire une partie de whist dans les salons du prince de Catane. On vint dire à Son Altesse que la bande du fameux Zanzo Maccaferi, le Calabrais, avait arrêté le courrier de Gaëte et lui avait enlevé trois cent mille francs qu'il portait à Naples pour être remis au prince même. Cette fois, Zanzo Maccaferi avait rompu avec toutes les convenances; car, par un traité secret passé entre lui et l'administration des postes, il s'était engagé sur l'honneur à ne détrousser que les simples particuliers, les honnêtes voyageurs, les Russes, les Allemands.

SOMERVILLE.

Et les Anglais?

LOMBARDY.

Oui, milord. Cette perte rendit le prince de Catane fort soucieux; la mauvaise humeur de Son Altesse gagnait tout le monde. Une idée me vient : c'est d'aller, moi et quelques autres gentilshommes napolitains très-déterminés, et possédant bien tous les défilés, à la recherche de Zanzo Maccaferi, dont les traits m'étaient parfaitement connus. Ma proposition est accueillie avec enthousiasme par les plus romanesques, et le soir même nous partons, douze bien armés et vêtus en moines, pour faire le coup de main.

LOUISE.

Quels fous!

LOMBARDY.

Nous étions en carnaval. En quelques heures d'une course rapide sur de petits chevaux siciliens, nous fûmes en pleine montagne, sur la route de Gaëte et dans les fondrières qui vont jusqu'à la mer. Nous ralentîmes notre marche, et nous nous mîmes à chanter. Si vous saviez comme je chante bien le faux-bourdon!... Le charme de nos voix ne se décrit pas. Au bout d'une heure de ce plain-chant que prolongeaient les échos, nous entendîmes un bruit de roues dans le lointain; alors nos chants se firent encore plus retentissants. La voiture se rapprochait sans cesse; enfin elle fut en vue de notre petite troupe... Ce n'étaient pas nos brigands!... Mais c'était le pauvre courrier tout démantelé, les roues fracassées, qui s'en allait tout de travers. Les braves gens qui le ramenaient, ou qui avaient l'air de le ramener, car ils ne paraissaient pas bien sûrs de leur direction, s'arrêtent pour nous laisser passer... Une tête paraît à la portière, je regarde...

THOMPSON.

On apporte pour madame les deux volières pleines d'oiseaux qu'elle a achetées hier. L'oiselier désirerait savoir...

LOUISE.

Je n'ai acheté ni oiseaux ni volière.

SOMERVILLE.

C'est moi qui...

LOUISE, à Somerville.

Deux surprises en un jour... Je vous ferai la mienne demain... Oui, monsieur, demain, jour de votre fête.

SOMERVILLE.

Pourquoi demain? N'êtes-vous pas la surprise, la fête éternelle de mes yeux et de mon cœur?

LOMBARDY, à part.

La fête éternelle de son cœur!

SOMERVILLE, à Thompson.

Qu'on porte ces volières au jardin, et ne nous dérangez plus. (A Lombardy.) Une tête paraît à la portière.

LOMBARDY.

Feu! m'écriai-je; feu!... C'était Zanzo Maccaferi lui-même!... Zanzo riposte; la balle sillonne ma poitrine. Je rends à Maccaferi sa politesse; le feu s'engage. Il dura dix minutes. La victoire enfin nous resta. Zanzo et huit de ses camarades furent tués. Nous rapportâmes à Naples le lendemain les trois cent mille francs au prince de Catane. Touchée de mon dévouement, Son Altesse me fit accepter cinquante mille francs pour avoir si bien conduit l'expédition. (Ils se lèvent.)

SOMERVILLE.

Bravo! bravo! cette histoire m'a ravi; et vous, madame?

LOUISE.

Moi aussi. (A part.) Excepté les cinquante mille francs, qu'il ne fallait pas accepter.

LOMBARDY.

Je vous rapporte, madame, le poignard qu'avait sur lui Zanzo Maccaferi, le Calabrais, au moment où je l'ai tué. (Il remet un poignard à Louise.) Et voilà, mon cher de Somerville, les pistolets avec lesquels j'ai envoyé dans l'autre monde ce vénérable chef de bandits. (Il remet les pistolets à Somerville.)

SOMERVILLE.

Je les accepte et vous remercie, mon cher Lombardy.

LOUISE.

Et vous avez quitté Naples aussitôt après cette belle équipée?

LOMBARDY.

Oui, madame, afin de venir la raconter à Paris, qui doit avoir la primeur de toutes les folies. Au surplus, mon œuvre obligatoire de l'année était accompli.

SOMERVILLE.

Oui, vous aviez gagné les cinquante mille francs qu'il vous faut chaque année...

LOMBARDY.

Pour vivre honorablement. Oui, mon cher Somerville, il faut que la chasse ou la guerre, le jeu ou le travail, les emprunts ou l'amitié de mes nobles amis, me fassent trouver les cinquante mille francs qui me sont indispensables chaque année; il me les faut à tout prix. Cette année, pour les avoir, j'ai arrêté le courrier de Gaëte, et j'ai tué trois hommes; l'année prochaine...

SOMERVILLE.

L'année prochaine, mon cher Lombardy, c'est moi qui me charge de vous les faire gagner dans les chemins de fer.

LOMBARDY.

Merci!... on ne peut pas arrêter sur les chemins de fer : ils vont trop vite.

SOMERVILLE.

Je veux dire que je vous les ferai avoir par mon père, le duc de Somerville, qui viendra à Paris ce printemps prochain; mais comme d'ici là je ne veux pas vous que vous commettiez quelque nouveau crime, je vous céderai des actions sur les nouvelles mines de fer ouvertes dans le Cornouailles; j'en ai mille en ma possession... on les négocie à cinq cents francs de prime... acceptez-en cinquante, voulez-vous?

LOMBARDY.

Mais c'est vingt-cinq mille francs que vous me donnez!

SOMERVILLE.

Serrez-moi la main, et nous serons quittes. Venez demain à mon hôtel chercher vos cinquante actions. Vous déjeunez aujourd'hui avec nous.

LOMBARDY.

Impossible! j'ai encore quelques visites à faire avant midi dans la Chaussée d'Antin.

SOMERVILLE.

Faites-les et revenez me prendre ici.

LOMBARDY.

Dans une demi-heure.

SOMERVILLE.

Dans une demi-heure.

LOMBARDY, il s'incline pour baiser la main de Louise.

Madame... (Bas.) Votre nom était sur mes lèvres quand j'ai cru être blessé à mort.

LOUISE, bas.

Monsieur de Lombardy!...

LOMBARDY, à Somerville en sortant.

Dans une demi-heure.

SCÈNE V.

LOUISE, SOMERVILLE, puis THOMPSON.

SOMERVILLE.

Est-il joyeux! est-il heureux, ce Lombardy!

LOUISE, assise à droite du spectateur.

Le croyez-vous?

SOMERVILLE.

Et pourquoi ce doute?

LOUISE.

Si peu de gens sont heureux en ce monde, malgré les plus belles apparences.

SOMERVILLE, allant à elle.

Vous êtes bien grave, ce matin, ma chère Louise ; vous êtes même triste, je le remarquais tantôt quand vous écoutiez l'histoire de ce casse-cou de Lombardy.

LOUISE.

Je ne suis pas triste... non...

SOMERVILLE.

Vous l'êtes ; qu'est-il donc arrivé ? que vous a-t-on dit ?

LOUISE.

Rien.

SOMERVILLE.

Rien... mot qui veut dire tout dans la bouche d'une femme contrariée. Qui avez-vous reçu ce matin ?

LOUISE.

Madame de Saint-Peray.

SOMERVILLE.

C'est elle qui vous a apporté quelque mauvaise nouvelle.

LOUISE.

Non, je vous assure.

SOMERVILLE, allant à gauche.

Si, vous dis-je, si !

LOUISE, elle se lève.

Ne vous emportez pas ! (Elle s'approche de Somerville.) Henri, dites-moi, qu'est-ce qu'une ?... qu'est-ce qu'une femme ?... (Elle lui tend timidement le feuillet que lui a donné Adeline.) Voyez !

SOMERVILLE, lisant.

Cette question ?...

LOUISE.

Je vous prie d'y répondre.

SOMERVILLE.

Mais, est-ce la visite de madame de Saint-Peray qui ?...

LOUISE.

Répondez-moi, qu'est-ce que ?...

SOMERVILLE, avec humeur, passant à droite.

Je n'en sais rien.

LOUISE.

Vous pouviez me répondre cela tout de suite sans vous emporter une seconde fois. Du moment où vous ne savez pas ce que c'est qu'une femme...

SOMERVILLE, vivement.

C'est la femme sans dignité, sans tendresse, sans élan, sans pudeur, qui loue sa beauté à l'étranger qui passe, à l'homme qui ne la connaissait pas la veille et qui rougirait de la saluer le lendemain. Maintenant ne parlons plus...

LOUISE.

Et comment appelle-t-on la femme qui, n'étant pas encore l'épouse d'un homme, souffre cependant qu'il contente tous ses désirs, qu'il aille au-devant de tous ses caprices, comment l'appelle-t-on, celle-là ?

SOMERVILLE.

L'homme s'appelle Henri de Somerville, la femme Louise de Nanteuil ; l'homme n'a pas une pensée qu'il n'incline vers la femme adorée comme pour lui dire : Si je vous fais riche, brillante, enviée, heureuse, madame, c'est vous qui me faites bon, distingué, généreux et plus heureux cent fois que vous n'êtes heureuse. Voilà, madame, voilà la différence entre une femme et l'autre...

LOUISE.

C'est vous, Henri, qui la faites cette différence, vous seul.

SOMERVILLE.

Non, c'est tout le monde.

LOUISE.

Vous seul, vous dis-je ! Allez ! pour le monde, — Adeline m'a éclairée, — pour le monde je suis la femme qui loue sa beauté à l'étranger qui passe.

SOMERVILLE.

Louise !

LOUISE.

Et vous êtes l'homme qui rougira de la saluer demain.

SOMERVILLE.

Louise ! Louise ! vous vous trompez ! Eh quoi ! quand ma vie toute de tendresse et de respect...

LOUISE.

Vous êtes loyal et grand, vous, mais le monde dit et répète que je ne suis qu'une femme entretenue...

SOMERVILLE.

Oh ! taisez-vous ! taisez-vous !

LOUISE.

Le monde se taira-t-il ? Il ne se taira pas, il répéta sans cesse, il murmurera autour de moi, sur mon passage, partout, avec un dédain auquel, je le sens, je ne pourrai jamais m'habituer : Louise de Nanteuil...

SOMERVILLE.

Arrêtez ! votre regard me dit votre pensée, votre pâleur votre hésitation. Eh bien ! décidez, est-ce la voix du monde, est-ce la mienne qui sera écoutée ?... Est-ce le monde, est-ce moi que vous préférerez ?

LOUISE.

Pardonnez-moi cette hésitation que vous lisez dans mon âme ; le souvenir de ma mère, le nom qu'elle portait et que je laisserais tomber si...

SOMERVILLE.

Achevez...

LOUISE.

Si je vous revois encore, c'est écrire sur mon front ce mot diffamateur...

SOMERVILLE.

Ne plus vous revoir !

THOMPSON, annonçant.

Monsieur Gaston de Lombardy !

LOUISE, impétueusement.

Qu'il n'entre pas ! mon trouble en ce moment...

SOMERVILLE.

Qu'il attende ! (Thompson se retire.) Louise ! Louise !... je m'en vais. (Il se dirige vers la porte.) Est-ce pour toujours ?

LOUISE, à part.

Ah ! le monde ! le monde ! m'imposer tant d'ingratitude pour une affection si pure, pour tant de dévouement ! (Haut.) Henri ! revenez !

SOMERVILLE, sur le seuil de la porte.

Merci !...

ACTE II.

Salon de jeune homme élégant.

SCÈNE I.

LOMBARDY, SOMERVILLE ; puis UN DOMESTIQUE.
(Lombardy et Somerville entrent en fumant.)

SOMERVILLE.

Oui, cet appartement est beaucoup trop vaste pour moi seul ; mais comme j'attends le duc de Somerville, mon père, au commencement du printemps prochain... Ne vous l'ai-je pas dit hier chez mademoiselle de Nanteuil ?

LOMBARDY.

Oui, mon cher ami.

SOMERVILLE.

Le duc de Somerville en occupera une grande partie. Je vous ferai connaître le duc. C'est la vieille Angleterre dans ce qu'elle a de plus noble et de plus ennuyé. C'est le spleen le plus incroyable que je connaisse : le spleen fait duc et pair. Je le respecte et je l'aime avec toute la tendresse d'un fils. Je pousse même ce respect au delà des limites ordinaires, de peur d'aigrir son caractère déjà si ombrageux ; mais quand je l'aperçois, je crois voir la Tamise et tous ses brouillards. (En sortant du tiroir des papiers qu'il tend à Lombardy.) Mon cher Lombardy, voici les cinquante actions de chemin de fer que je vous ai promises hier.

LOMBARDY.

Puissent les voyageurs qui parcourront ce chemin ne jamais dérailler ! (Il serre la main de Somerville.)

SOMERVILLE.

Je ne crois pas avoir le droit, même au prix de vingt-cinq mille francs, de vous donner le plus léger conseil. J'imagine cependant qu'à votre place, avec une somme beaucoup moins forte, je vivrais fort honorablement...

LOMBARDY.

Sans doute, mais...

SOMERVILLE.

Je suis vraiment inquiet, lorsque je pense qu'un galant homme comme vous a rigoureusement besoin de cinquante mille francs par an pour satisfaire aux exigences de la vie. Cinquante mille francs! ah! si vous étiez avare, si vous aimiez la richesse pour elle-même, alors au lieu de vous plaindre...

LOMBARDY.

Ah! la richesse! la richesse! tout est là, mon cher Somerville... tout!...

SOMERVILLE.

Tout, non! et l'amour?...

LOMBARDY.

Je donnerais tous les amours du monde, les amours d'Hélène et de Pâris, les amours d'Énée et de Didon, les amours d'Héloïse et d'Abeilard, les amours de Paul et de Virginie, les amours d'Atala et de Chactas et tous ceux encore qui peuvent être parvenus à votre connaissance pour ces cinquante mille francs de rente dont vous me faites presque un reproche de ne pouvoir me passer. Et vous, qui parlez, n'avez-vous pas quatre cent mille francs de revenu?

SOMERVILLE.

Je fais cas de l'argent, sans doute.

LOMBARDY.

Parbleu!... il ne manquerait plus que vous le méprisassiez.

SOMERVILLE.

Mais je ne mets rien au-dessus d'un tendre sentiment sincèrement partagé. Il est vrai que c'est là une vérité, mon cher Lombardy, que je n'ai jamais si bien comprise que depuis le moment où j'ai aimé mademoiselle de Nanteuil. Ah! mon cher ami, je le sais maintenant par une double expérience, la plus grande fortune laisse toujours à désirer, l'amour rien!

LOMBARDY, se levant.

Et les jalousies, les soupçons, les tourments de toute espèce?

SOMERVILLE.

On a vécu.

LOMBARDY.

On a souffert.

SOMERVILLE.

C'est encore vivre.

LOMBARDY.

Et dépenser! prodiguer! n'est-ce pas vivre? Et puis, croyez-en mon expérience, mon cher lord, quand on a connu l'amour, il est rare qu'on désire renouer connaissance, tandis que la richesse, une fois qu'on y a goûté, on ne peut plus s'en passer. C'est absolument comme lorsqu'on a contracté l'habitude d'user de l'opium : on sait qu'on deviendra fou, imbécile, stupide, si l'on persiste à en prendre, s'arrête-t-on pour cela? Non, on fume toujours de l'opium; voyez les Chinois : l'or est mon opium.

SOMERVILLE.

Voilà précisément ce que je voulais vous faire dire. C'est que le désir de la richesse chez vous n'est pas un désir naturel, mais une idée fixe, une obsession, enfin une maladie.

LOMBARDY.

Dont je ne guérirai jamais.

SOMERVILLE.

Vous souhaitez la richesse, non pour vous, j'en suis sûr, mais pour atteindre un but... un but mystérieux que je n'ai pas le droit de savoir...

LOMBARDY, surpris.

Vous vous trompez, Somerville, vous vous trompez.

SOMERVILLE.

Je ne crois pas.

LOMBARDY, embarrassé.

Je ne sais, en vérité, sur quoi vous fondez une supposition...

SOMERVILLE.

Qui n'a rien, sans doute, que de très-honorable pour vous.

LOMBARDY, encore plus gêné.

Encore une fois!

SOMERVILLE.

Encore une fois, vous n'auriez pas besoin de cinquante mille francs par an, surtout pour vivre en Italie, où tout est pour rien,

et où vous passez une partie de votre existence, si vous n'aviez que vos seules fantaisies à contenter.. Terminons! ce qu'il y a de certain, c'est que vous n'avez pas toujours été autant que vous le dites à l'abri des orages du cœur.

LOMBARDY, à part.

Que sait-il?

SOMERVILLE.

Maintenant, c'est fini. Dites-moi, Lombardy, comptez-vous beaucoup vous amuser cet hiver à Paris?

LOMBARDY.

Si toutefois je passe l'hiver à Paris.

SOMERVILLE.

Moi qui comptais, cette année, à l'époque des courses, vous faire les honneurs de Chantilly, où l'on achève ma villa. Auriez-vous le projet d'aller en Chine?... mais vous y êtes déjà allé.

LOMBARDY.

N'importe! ne m'en défiez pas! si je prévoyais que le capital de cinquante mille francs de rente, c'est-à-dire, un million, se trouvât dans la grande pagode, je n'hésiterais pas un seul instant à aller incendier la grande pagode. Mais j'ai un autre projet non moins hardi que je vais tout bas vous confier...

SOMERVILLE, avec un mystère comique.

Faut-il fermer les portes?

LOMBARDY.

Non. Dans les grands événements de 1848, en Hongrie, la couronne de l'empereur d'Autriche fut volée. Cette couronne vaut vingt millions! vingt millions!

SOMERVILLE.

Eh bien?

LOMBARDY.

Laissez-moi rallumer mon cigare.

SOMERVILLE.

Rallumez.

LOMBARDY.

Je crois savoir où cette magnifique couronne est cachée. Voici comment j'ai fait cette merveilleuse découverte qui peut m'enrichir d'un seul coup. Un soir, à Rome, sur la place d'Espagne, je fus mystérieusement accosté par un homme...

UN DOMESTIQUE, entrant.

Milord, trois voitures de voyage viennent d'entrer dans la cour de l'hôtel, trois voitures anglaises. (Il se retire.)

SOMERVILLE.

Je n'attends personne de Londres; voyons. (Il s'approche de la croisée.) Que vois-je! les équipages de la famille... Les cochers de mon père... oui, je reconnais...

LE DOMESTIQUE, revenant et annonçant.

Le duc de Somerville!

SCÈNE II.

LE DUC DE SOMERVILLE, SOMERVILLE, LOMBARDY.

SOMERVILLE.

Mon père!

LE DUC, donnant la main à Somerville.

Henri!

SOMERVILLE.

Je n'avais l'espoir de votre visite à Paris que dans le mois de mai : je suis heureux de mon erreur, mon père. Je vous présente monsieur le comte de Lombardy.

LE DUC.

Monsieur. (Il salue.)

LOMBARDY.

Milord, j'aurai l'honneur de revenir bientôt pour offrir plus complétement mes hommages à votre Seigneurie. Je prie milord de vouloir bien me permettre de me retirer, j'aurais peur de gêner par ma présence l'effusion d'une première entrevue de famille. (Il salue et va pour sortir.)

SOMERVILLE, l'arrêtant au seuil de la porte.

Dites à mes gens, je vous prie, que je n'y suis pour personne. (Lombardy sort.)

SCÈNE III.

LE DUC DE SOMERVILLE, SOMERVILLE.

LE DUC.

Le motif qui m'a fait devancer l'époque de mon voyage en France, doit vous être connu sans retard; ma santé exigeait impérieusement ce voyage,

SOMERVILLE.

Votre santé! vous m'alarmez. Je ne savais pas que vous fussiez malade. Je me serais hâté d'aller à Londres. Mais veuillez me dire quel danger je dois craindre pour vous.

LE DUC.

Dieu seul en a mesuré l'étendue; dans un instant vous le connaîtrez vous-même et vous saurez aussi sur quel médecin je compte pour être guéri, si je puis l'être encore.

SOMERVILLE.

Je vous écoute, milord. (A part.) Son spleen n'a jamais été si profond ni si sombre.

LE DUC.

Depuis la mort de votre digne mère... (L'émotion l'arrête.)

SOMERVILLE.

Je l'aimais bien aussi.

LE DUC.

Depuis ce moment, je n'ai plus de bonheur. Ni mes grandes richesses, ni mes titres, ni mes fonctions à la cour, ne détournent mes idées de cette irréparable perte. Vous seul et la fille de mon frère, la charmante Élisa, êtes restés les seuls liens qui me retiennent encore un peu à la terre. C'est d'Élisa Somerville que j'ai à vous parler.

SOMERVILLE.

Il me sera doux, mon père, de répéter tous les éloges que vous ferez d'elle.

LE DUC.

Mon frère aîné, le père d'Élisa, fut obligé d'aller prendre un commandement dans l'armée des Indes.

SOMERVILLE.

Je sais cela, milord.

LE DUC.

Mon pauvre frère Francis, ainsi que sa jeune femme qui, par dévouement, l'avait suivi aux Indes, et avait voulu marcher à ses côtés pendant la sombre et terrible campagne de l'Afghanistan, ne sont jamais revenus. Une neige sanglante les couvre. Croyez-vous, mon fils, que nous ne devions rien à la mémoire de ce digne frère, qu'une mort prématurée nous a enlevé?

SOMERVILLE.

Parlez mon père, exigez de moi...

LE DUC.

Consultez votre cœur. Sa fille, notre chère Élisa, votre cousine, n'a-t-elle pas quelque droit à la gloire et aux biens dont elle se voit privée par la mort de son père, biens dont j'ai hérité en vertu de nos lois et dont vous hériterez un jour?

SOMERVILLE.

Prenez pour elle, sur mes biens, sur mes titres, tout ce que vous jugerez...

LE DUC.

Le plus beau titre que vous puissiez lui offrir, c'est votre nom, c'est vous.

SOMERVILLE, à part.

Que dit-il?

LE DUC.

Je viens vous prier, mon cher fils, d'épouser votre cousine, à qui j'ai déjà donné l'espoir d'un si noble avenir. Je viens chercher votre consentement à ce mariage.

SOMERVILLE, à part.

Ce mariage!... (Haut.) Mon père, je rends justice aux vertus, aux grâces de miss Élisa. Croyez-vous que, de son côté, elle ait vu en moi l'homme destiné à la rendre heureuse?

LE DUC.

Je réponds de son affection pour vous.

SOMERVILLE.

Me permettrez-vous alors de me demander, après avoir proclamé ainsi que je viens de le faire les belles qualités de miss Élisa, si miss Élisa est bien la femme qui convient à mon caractère? C'est chose grave que le mariage!

LE DUC.

C'est parce que c'est chose grave que je ne crois pas, mon fils, que vous consultiez en ce moment vos goûts et vos fantaisies de jeune homme afin de savoir si vous donnerez à Élisa votre nom et partagerez vos grands biens avec elle!...

SOMERVILLE.

Milord, ma position dans la vie me donne peut-être le droit de vous opposer un refus... un refus douloureux, mais formel... (Abattement du Duc.) Je n'userai pas de ce droit, mon père; je con-

sens à épouser miss Élisa, mais pour des motifs puisés dans la gravité même de l'acte que vous m'engagez à remplir, je demande à ne me marier que dans deux ans.

LE DUC.

Deux ans! c'est l'existence de votre père que vous allez tenir en suspens pendant ces deux années.

SOMERVILLE.

Votre existence, votre existence! (A part.) Ces paroles m'épouvantent.

LE DUC.

Henri, j'ai besoin autour de moi de l'affection toujours vigilante d'une famille pour m'empêcher de céder à une fatale pensée toujours présente, toujours là.

SOMERVILLE.

Mon père!...

LE DUC.

Je souffre cruellement, dans les profondeurs de mon esprit, depuis que votre mère m'a quitté; hâtez-vous de me sauver, que ce mariage ait lieu tout de suite. (Somerville garde le silence, se levant.) Vous hésitez encore à me répondre, moi, je n'hésite plus à parler: vous avez une maîtresse à Paris, cette maîtresse s'est emparée de toutes vos affections, de toutes vos volontés, cette maîtresse...

SOMERVILLE.

Mon père!

LE DUC.

Oui, cette maîtresse, femme sans retenue, sans délicatesse, acharnée sur votre fortune comme toutes ses pareilles, est la seule cause, le seul motif qui vous empêche... En vérité, ces femmes perdues...

SOMERVILLE.

Assez, mon père!

LE DUC.

Vous m'imposez silence!

SOMERVILLE.

Pour vous obéir. J'épouserai miss Élisa quand il vous plaira, mon père.

LE DUC.

Je vivrai!

SOMERVILLE.

Êtes-vous satisfait, milord?

LE DUC.

Le père est satisfait, le duc reste à satisfaire.

SOMERVILLE.

Parlez.

LE DUC.

Par votre rang, par votre naissance, vous êtes forcé, une fois promis et rangé à la sainte loi du mariage, de donner l'exemple de la bonne conduite à la jeune aristocratie anglaise. Vous allez donc rompre immédiatement avec votre maîtresse.

SOMERVILLE.

Je crois, milord, que vous allez au delà...

LE DUC.

Je ne vais pas au delà de votre pensée; vous vous dites en ce moment, j'épouserai l'une et je vivrai avec l'autre. Eh bien! votre premier refus d'épouser Élisa vaut encore mieux que cette manière odieuse de l'épouser. Le fils d'un pair d'Angleterre, d'un lord de la chambre haute ne doit pas avoir sa petite maison à Paris. Consentez-vous à ce sacrifice que vous impose votre place à la cour d'Angleterre, le modèle des vertus royales? Répondez en loyal gentilhomme, cesserez-vous de voir cette femme dont je commence à rougir de m'occuper si longtemps?

SOMERVILLE, comme s'il allait répliquer au Duc.

Mon père... (On entend la voix de Louise au dehors.)

LOUISE, au dehors.

C'est bien! c'est bien! je sais, on m'a dit... mais je ne reste qu'un instant.

SCÈNE IV.

LES MÊMES, LOUISE.

SOMERVILLE, à part.

Louise! grand Dieu! mon père!... mon père!...

LOUISE, à Somerville.

Monsieur Henri, on vient de me dire que vous n'étiez pas à votre hôtel; je voulais seulement vous laisser la surprise dont je vous ai parlé hier.

SOMERVILLE, au comble de l'embarras.

Merci, madame... mais plus tard... car... dans ce moment...

LOUISE.

Oh! non. (Elle désigne le Duc.) Monsieur pardonnera. (A Somerville.) Vous êtes si riche que je ne pouvais pas vous offrir pour votre fête un service en vermeil, une épingle en diamant. Oh! mais j'ai eu une pensée, une inspiration! vous serez content, bien content. Il n'est pas d'usage, n'est-ce pas, messieurs, de se vanter des cadeaux qu'on fait? moi, je me vante, je suis heureuse, je suis fière de celui que je vous apporte. Milord, vous avez secouru ma mère, vous avez adouci ses derniers instants. J'ai essayé de m'acquitter. (Elle met sur la table, qui est au milieu de l'appartement, le portrait, — une miniature encadrée — qu'elle a tenu caché jusqu'à ce moment sous sa mantille.) Regardez, milord, si ma reconnaissance... (Musique.)

SOMERVILLE.

Ma mère!

LOUISE.

Vous m'avez dit : Dans notre famille il n'existe aucun portrait de ma mère chérie. Il y a un portrait de reine qui lui ressemble beaucoup, dans la galerie du palais d'Holyrood, en Écosse; eh bien! (Elle s'arrête en voyant les mouvements du Duc.)

LE DUC, après s'être incliné devant le portrait et l'avoir porté à ses lèvres.

Anna! Anna! c'est bien vous... Ah! c'est bien vous!

LOUISE, en reculant et tout bas avec une grande émotion, à Somerville.

C'est votre père! (Elle salue et sort.)

SCÈNE V.

LE DUC, SOMERVILLE.

LE DUC.

C'est elle, n'est-ce pas?

SOMERVILLE.

Oui, mon père.

LE DUC, très-attendri.

Henri, cette jeune femme a prononcé avec émotion, avec respect le nom de votre mère; elle a la sainteté du souvenir. J'ai vu ses larmes. Ce portrait, mon Dieu, qu'il est beau! Cette jeune dame a raison, il n'y a pas de cadeau qui vaille... Envoyer en Écosse faire faire cette divine copie; ah! cette touchante attention... et je ne l'ai pas remerciée! Mon fils, il faut dignement récompenser qui nous rend si dignement heureux. Cette femme ne peut pas rester en dehors du monde de l'honneur et des nobles sentiments. Dites-moi, Henri, quelle est sa mère? quelle est sa famille?

SOMERVILLE.

Mademoiselle Louise de Nanteuil est sans famille.

LE DUC.

Eh bien! une dot lui créera une famille. Cette dot, je la lui donne; portez-en le chiffre aussi haut qu'il vous plaira.

SOMERVILLE.

Ce que vous faites là pour elle...

LE DUC.

Est une noble garantie pour tous. Oui, quand mademoiselle de Nanteuil aura un mari, un défenseur légitime à son bras, je ne craindrai plus ni pour elle ni pour vous. On ne trompe pas avec un aussi noble cœur. Élevez à la dignité d'épouse, la femme qui parle, qui agit comme elle, elle se maintiendra à la hauteur où l'estime l'aura placée. Maintenant (il prend la main de Somerville qu'il place dans l'attitude du serment devant le portrait. Musique.) Maintenant, vous me jurez par cette image sacrée, devant laquelle vous ne pouvez me désobéir, que tout sera fait comme nous l'avons dit; vous épouserez Elisa de Somerville?

SOMERVILLE.

Oui, milord.

LE DUC.

Dans deux mois.

SOMERVILLE, avec douleur.

Mon père!

LE DUC.

Dans deux mois. Dotée par moi, mademoiselle Louise de Nanteuil, que vous cesserez de voir, se mariera, — si telle est sa volonté — mais vous ne rentrerez en France que lorsqu'elle sera mariée.

SOMERVILLE, avec énergie, résolution et douleur.

Mais c'est jurer de ne plus la voir, et ce serment est impossible!

LE DUC, se couvrant.

Marquis de Somerville, ce soir vous serez duc.

SOMERVILLE, vivement.

J'obéirai! j'obéirai!

LE DUC, sonnant.

Bien. (Au domestique.) Prévenez mes gens; je remonte en voiture.

SOMERVILLE.

Vous partez?

LE DUC.

Je retourne à Londres tout préparer pour votre mariage. Adieu, mon fils; à deux mois! (Il sort.)

SOMERVILLE, baissant la tête.

A deux mois!

ACTE III.

Même décor qu'au premier acte. Des fleurs en notable quantité décorent l'appartement. Cheminée à gauche au second plan, canapé au premier; pouf au milieu.

SCÈNE I.

LOUISE, ADELINE, LOMBARDY, MONSIEUR DE SAINT-PERAY, LE COLONEL BOROSKI, MALLER. (Au lever du rideau, tous assis et groupés dans des attitudes familières. Monsieur de Saint-Peray tient un album ouvert sur lequel lui et madame de Saint-Peray ont les yeux fixés.)

LOMBARDY, d'une voix haute.

Mais non! mais non! monsieur de Saint-Peray, vous soutenez, entre autres erreurs d'histoire naturelle, que le pélican pousse l'amour paternel jusqu'à nourrir ses petits de son propre sang.

SAINT-PERAY.

Je ne disais pas précisément cela, monsieur de Lombardy : je soutenais que les poissons rouges n'ont cette couleur...

ADELINE.

Taisez-vous, Bienvenu.

SAINT-PERAY.

Mais, chérie, je suis assez fort sur la pêche à la ligne pour me permettre...

ADELINE.

N'importe! Taisez-vous, Bienvenu... vous êtes un homme charmant!

LOUISE, à part.

Monsieur de Lombardy a, dit-il, quelque chose d'important à m'apprendre.

LOMBARDY.

Je le répète, c'est un atroce préjugé : vous soutiendriez bientôt, si on vous laissait faire, que cet oiseau éminemment philanthrope, envoie ses enfants à la salle d'asile... Quant aux poissons rouges, c'est un préjugé encore plus déplorable de supposer comme vous le faites...

SAINT-PERAY, confondu.

J'avais toujours cru, d'après monsieur de Buffon, que les poissons rouges...

MALLER, riant lourdement. Il est assis sur le pouf.

Ha! ha! ha! En fait de poissons, je n'aime que ceux...

BOROSKI, se levant; sa place est près de la cheminée.

Vous riez depuis trop longtemps de cette question toute scientifique, monsieur!

MALLER, riant.

Ma foi, oui! Est-ce que cela vous déplait?

BOROSKI, faisant un pas vers lui.

Oui, monsieur... Ancien militaire!

MALLER, se levant, et d'un ton bonasse.

Moi, ancien négociant, monsieur!

LOUISE.

Voyons, messieurs, chacun de vous, à son point de vue particulier, a raison. (A part.) Je suis d'une impatience!

ADELINE.

D'ailleurs, monsieur de Saint-Peray n'a pas dit...

LOMBARDY.

La question n'est pas là.

ADELINE.

Pardon! il s'agit de savoir si les oiseaux rares n'ont pas des instincts...

SAINT-PERAY.

Oui, s'ils n'ont pas des instincts...

LOMBARDY.

Voyons, parlons-nous des oiseaux rares ou des poissons rouges? Parlons des poissons : vous disiez qu'ils ont cette couleur, parce qu'on leur fait subir une préparation...

MALLER, riant lourdement.

Ah! ah! ah!

BOROSKI, quittant encore sa place près de la cheminée.

Si nous plaisantons toujours en un sujet aussi grave, monsieur

MALLER, riant, d'un ton bénin et pacifique.

Je plaisante... oui.

BOROSKI, à part.

Ignorant! (Haut.) Ancien militaire, monsieur!

MALLER, riant.

Ancien négociant, monsieur.

LOUISE.

Et tous les deux trop estimables pour ne pas se faire quelques concessions. (A part.) Je brûle de savoir...

BOROSKI.

Toutes les erreurs proviennent de ce qu'on n'observe pas assez

LOMBARDY.

Vous avez raison! ils sont rouges tout simplement parce que...

SAINT-PERAY, d'un ton impatient.

Eh! monsieur, ils sont rouges parce qu'ils viennent de la Chine, voilà.

LOMBARDY.

On est donc rouge quand on vient de la Chine? Leur couleur est le résultat d'un effet combiné de l'électricité et de la lumière sur les écailles... mais nous sommes bien simples de raisonner ainsi à perte de vue... Monsieur de Boroski l'a dit : toutes les erreurs, en histoire naturelle, résultent de ce qu'on n'observe pas assez. Allons tout simplement observer dans les serres du jardin l'instinct des oiseaux et des poissons auprès des belles volières et des jolis bassins de mademoiselle de Nanteuil. Monsieur de Boroski, qui a beaucoup voyagé, nous expliquera...

BOROSKI.

Volontiers. Allons, la main aux dames!

ADELINE, à Boroski.

Ah! oui, allons, colonel! c'est charmant! (A Louise.) Je verrai tes volières, et la grande question des poissons rouges sera enfin vidée.

SAINT-PERAY.

La question des poissons rouges sera enfin...

ADELINE.

Bienvenu!

SAINT-PERAY.

Non... je...

ADELINE, lui mettant un doigt sur la bouche.

Charmant! passez! (Saint-Peray s'en va. — Adeline, qui est restée en arrière, à Louise.) Comment le trouves-tu? Ah! il est adorable! Je t'ai dit l'autre jour qu'il avait eu de l'augmentation. Eh bien, monsieur Bernard m'a confié hier... vois comme il est bon pour nous!... que dans trois mois Bienvenu serait chef de division.

SAINT-PERAY, dans la coulisse, appelant.

Didine! Didine!

ADELINE.

Me voilà! me voilà!

BOROSKI, offrant le bras à Adeline.

Madame!

ADELINE.

Monsieur!... ancien militaire, je crois?

LOMBARDY, arrêtant Louise qui va suivre Adeline.

Restez; vous le savez, j'ai à vous parler. Je n'ai amené cette si intéressante conversation sur les oiseaux rares et les poissons rouges que pour les envoyer au jardin. Accordez-moi quelques minutes.

SCÈNE II.

LOUISE, LOMBARDY.

LOUISE, après avoir regardé Lombardy, qui hésite à parler.

Dites, monsieur, j'attends.

LOMBARDY.

Madame, je suis chargé par monsieur de Somerville...

LOUISE.

Quelque malheur... dites-moi vite...

LOMBARDY.

Il se marie.

LOUISE.

Ah!

LOMBARDY.

C'est son père qui exige...

LOUISE, tombant assise sur le pouf qui est au milieu du salon.

Il se... il se marie...

LOMBARDY.

Il a énergiquement combattu la volonté qui le frappe, mais elle a brisé sa résistance.

LOUISE.

Cela devait ainsi arriver; je n'étais qu'un moment dans l'existence brillante de monsieur de Somerville, qu'une occasion pour lui d'exercer sa générosité! Il se marie!

LOMBARDY.

Il vous aime toujours.

LOUISE.

Il m'aime et il se marie!

LOMBARDY.

Oh! la vie! la vie! (On entend de bruyants éclats de rire dans la coulisse.) Voilà ce qu'est la vie : des voix qui rient autour de vous, quand votre cœur souffre, se déchire, se meurt.

LOUISE.

Monsieur de Lombardy!

LOMBARDY, s'asseyant sur une chaise près de Louise.

Du courage! madame, vous n'êtes pas la seule... j'ai connu, moi aussi, votre douleur, et pourtant...

LOUISE, à elle-même.

Désormais, seule au monde!

LOMBARDY.

Rassurez-vous... le temps, ce grand médecin... il guérit tout. Pourtant, j'aimais bien profondément, moi aussi... autant que vous aujourd'hui, peut-être... et comme j'étais naïf! comme j'étais fou! mais un fou bien sincère et bien amoureux. Vous rappelez-vous ce jour... nous étions à Naples tous les deux... nous nous étions vus une fois au bal de l'ambassade, deux fois aux offices du soir; je vous avais beaucoup écrit... enfin, vous rappelez-vous le jour où j'allai vous demander en mariage avec mon petit habit d'officier de marine?

LOUISE, qui n'écoute pas Lombardy, à part.

C'est là ce qu'il n'a pas osé me dire hier après son entrevue avec son père.

LOMBARDY.

Vous n'étiez pas moins gênée que moi pendant cette visite... j'entre... vous rappelez-vous mon trouble? ce trouble si profond qui me fit aller vers vous au lieu d'aller vers votre mère, et qui me fit vous dire : Madame, j'ai l'honneur de vous demander mademoiselle Louise de Nanteuil en mariage...

LOUISE.

En effet! pardon, si mon esprit préoccupé...

LOMBARDY.

Et votre mère me répondant de l'autre bout du salon avec une sévérité qui me glaça: « Monsieur, c'est moi qui suis la mère, et » je vous prie de me parler en face. »

LOUISE, à part.

Puisqu'il fallait tôt ou tard renoncer à lui, pourquoi me plaindrais-je?

LOMBARDY.

« Votre profession? » me demanda-t-elle; vous vous souvenez aussi?

LOUISE, elle se lève.

Encore une fois, monsieur de Lombardy... vous lui répondîtes : marin... il me semble...

LOMBARDY, se levant aussi.

« Amiral? » s'informa-t-elle. Non, madame, aspirant de seconde classe... « Qu'est-ce que cela, aspirant? qu'est-ce que cela rap- » porte? » Et moi de lui répondre : Quatre-vingts francs par mois, madame... «Oh! oh! quatre-vingts francs par mois, répéta-t-elle » avec emphase, et combien de centimes? » Ah! cette raillerie me renversa; je ne me relevai que pour me retirer, mais si honteusement, si gauchement, que je renversai, en m'en allant à reculons, un plateau chargé de belles porcelaines qui furent brisées en mille pièces... Oh! premier amour! premier amour! si ridicule et si pur!... comme je pleurais en rentrant chez moi! Et vous, madame?

LOUISE.

Je ne me souviens plus.

LOMBARDY.

Vous voyez bien qu'on oublie. Ce refus de votre main me mit

au désespoir : je voulus mourir. Un aspirant de première classe très-expérimenté... il avait seize ans et demi... m'assura qu'un nouvel amour me guérirait du premier; sans perdre de temps, je dis à la première jeune fille que je rencontrai, tout ce que je vous avais dit à vous, mais à vous avec tant de sincérité et de cœur. La pauvre fille me crut, elle m'aima, elle se passionna ; et, enfin, la trop romanesque Génoise....

LOUISE, avec intérêt.

Une Génoise ! c'est l'histoire de Bianca ?

LOMBARDY.

On vous a donc parlé ?... Oui, madame, l'histoire de Bianca.

LOUISE.

L'infortunée Génoise que vous avez, dit-on...

LOMBARDY.

Achevez, madame ; que j'ai ?...

LOUISE.

Assassinée par jalousie.

LOMBARDY.

Assassinée !... Le bruit et le mensonge sont donc venus jusqu'à vous? C'est faux, je n'étais pas jaloux de Bianca. Pourquoi l'aurais-je assassinée?... Je ne l'aimais pas. Non, voici la véritable cause de sa mort : Bianca trouva un jour dans mon portefeuille des lettres... des lettres dont je n'avais jamais eu le courage de me séparer.

LOUISE, à part.

Des lettres !... Les miennes.

LOMBARDY.

Ces lettres lui apprirent combien j'avais déjà aimé avant de l'aimer elle-même... La tristesse la saisit... J'eus beau vouloir la détromper. Bianca craignit qu'un amour, dont j'avais si religieusement conservé le souvenir, ne vînt un jour à renaître. Cette idée la poursuivit, sa raison s'égara... Une nuit, elle courut de rocher en rocher se précipiter dans la mer. Bianca avait dix-sept ans.

LOUISE.

Pauvre femme !

LOMBARDY.

Vous lui deviez bien ces regrets et ces larmes, madame... vous !...

LOUISE.

Qu'avez-vous fait de ces lettres?

LOMBARDY.

Je les ai toutes brûlées.

LOUISE, s'asseyant à droite.

Vous avez bien fait.

LOMBARDY, à lui-même.

J'ai bien fait ! Somerville l'abandonne ; plus d'avenir pour elle... Je cherche si je ne retrouverai pas dans son âme désolée quelque trace d'un passé que nous avons parcouru ensemble... Et la seule émotion que je soulève, c'est la joie frivole et banale d'être sûre que désormais personne ne saura qu'elle m'a aimé... (Haut.) Vous voyez, madame, qu'on oublie les premières amours, les secondes, les troisièmes. Rien ne vaut la peine d'un souvenir dans ce monde. Il faut s'étourdir, brûler tous les passés, bien vivre et avoir, pour aller longtemps, de l'or plein les poches, de l'indifférence plein le cœur, et ce n'est pas, Dieu merci, l'indifférence qui me manque. Je vis partout, je ne m'attache nulle part. Toutes ces fleurs enivrantes qui croissent au bord de la vie : amour, passions, souvenirs, regrets, je les évite, je les arrache, je les foule, parce qu'elles finissent comme sur les routes d'Italie, elles aussi tout encombrées de fleurs, par empêcher le char d'avancer. Place à mon char ! je n'aime rien, rien, rien ! (Avec une exaltation tendre et prolongée.) Ah ! si, j'aime une chose, une seule, et pour celle-là, je donnerais... Ah ! je ne puis guère lui donner plus que je ne lui donne ; mais, pardon... Je vous parle de moi, il s'agit bien de moi ! il s'agit...

THOMPSON, annonçant.

Monsieur de Somerville. (Il sort.)

LOUISE.

Lui !

LOMBARDY.

Je vous laisse ; je vais retrouver au jardin...

LOUISE.

Oui, tâchez que mon absence ne soit pas trop remarquée par le monde que je reçois. Je reçois !

SCÈNE III.

LOUISE, SOMERVILLE.

SOMERVILLE, rencontrant Lombardy qui sort, et lui serrant la main.

Merci ! (A Louise.) Monsieur de Lombardy vous a dit...

LOUISE, assise à gauche.

Vous vous mariez, je sais tout!

SOMERVILLE.

Vous ne savez pas tout ; ce n'est pas mon seul malheur.

LOUISE.

Et quel autre malheur?

SOMERVILLE, s'asseyant près d'elle.

Louise, grâce à vous, la France est devenue ma patrie d'adoption ; vous me l'avez fait chérir plus que ma véritable patrie. Vous y êtes née, je l'aime ; vous y vivez, je veux y vivre pour voir le même jour, pour respirer le même air que vous.

LOUISE.

Poursuivez.

SOMERVILLE.

Mon père, pénétrant ma pensée, qui était de vivre toujours près de vous, tandis que j'aurais laissé mon titre d'époux à Londres, mon père, à l'aide de la prière, des larmes, du désespoir, m'a fait promettre, sur le portrait de ma mère... Ah ! il est des serments qu'on est plus coupable de tenir que de violer...

LOUISE.

Ce serment, quel est-il?

SOMERVILLE.

De ne plus venir en France qu'à la condition...

LOUISE.

Qu'à la condition...

SOMERVILLE.

Qu'un obstacle insurmontable s'élèverait entre vous et moi, qu'à la condition que vous m'opposeriez de votre côté la barrière sacrée du mariage.

LOUISE, se levant brusquement.

Me marier !... Et vous avez promis?

SOMERVILLE, se levant.

Oui.

LOUISE.

Me marier ! Et c'est à ce prix que vous pourrez rompre cet exil que vous avez accepté !... Que je me marie !... Ah ! mais je comprends votre père !... Oui, enchaînés tous les deux ; entre nous deux... vous l'avez dit... une insurmontable barrière... et si l'on tente de franchir cette barrière, tomber d'un côté dans le scandale, de l'autre dans le déshonneur... Ah ! je reconnais là toute la prudence d'un père... Me marier !

SOMERVILLE.

Et vous consentiriez?

LOUISE.

Jamais !

SOMERVILLE, à part.

Elle m'aime toujours !

LOUISE.

Vous avez prononcé notre éternelle séparation... C'est bien, merci d'avoir eu ce courage. Adieu, monsieur de Somerville, adieu pour jamais...

SOMERVILLE.

Pour jamais! Ne plus vous voir!... Louise, vous n'y pensez pas ; tant que je vivrai j'aurai besoin de vous voir, de vous voir toujours, fût-ce de loin, fût-ce à travers l'obstacle du monde !

LOUISE.

Mais comment, sans vous parjurer, quitteriez-vous l'Angleterre, Londres, votre femme ?

SOMERVILLE.

Il n'était qu'un moyen, Louise, vous l'avez éloigné, vous le repoussez...

LOUISE.

Mais me marier !

SOMERVILLE.

Mon père a pensé... C'est lui qui... Louise, si vous consentiez... une dot considérable...

LOUISE.

Ah ! oui, un voile d'or !... Tenez, monsieur de Somerville, faisons-nous de cette séparation une nécessité fatale, acceptons un sacrifice...

SOMERVILLE.

Louise ! (A part.) Mais alors perdue sans retour... Non ! c'est la dernière bataille de ma vie, et je veux la gagner... (Haut.) C'est l'autre sacrifice qu'il faut accepter. Ce mariage...

LOUISE.

Est-ce bien vous qui parlez, monsieur de Somerville?... Regardez-moi!

SOMERVILLE.

Oui.

LOUISE.

Quoi! ce n'est pas votre père que j'écoute? Mais, si vous m'aimez, pouvez-vous sans frémir, sans pâlir, me parler ainsi? Me marier! Mais songez-y, songez-y, monsieur de Somerville, quand je serai la femme d'un autre, quand je porterai publiquement son nom... je ne vous ai pas compris, je ne vous comprends pas!

SOMERVILLE.

Louise, si, après vous avoir dit : Mon père le désire; si, après vous avoir dit : Celui qui a peut-être quelque droit à votre reconnaissance, vous le demande; si après vous avoir dit : Celui qui vous aime autant qu'il vous honore, vous en supplie à genoux; si celui-là vous disait encore et une dernière fois : Je le veux!

LOUISE.

Cette insistance, cette insistance!... vous ne m'en dites pas la cause, vous me la cachez. Eh bien! je la pressens, je la devine. Elle éclate enfin à mes yeux. Vous me quittez, vous allez vivre à la cour, briller dans un monde dont l'honneur est la force et l'orgueil : c'est un mariage qui vous vaut cette estime de la société, cet hommage de l'opinion. Monsieur de Somerville, avouez-le, ayez le courage de votre générosité : ce que vous obtenez par le mariage, vous voulez que je l'obtienne aussi par le mariage. Sur vous à peine blâmé, sur moi gravement compromise, vous voulez étendre le bénéfice de la même réparation... J'étais donc flétrie, dites-le donc enfin!... J'étais sur le point de l'être... et c'est là une douleur que vous cherchez à m'épargner... une honte brûlante, infaillible, que vous voulez détourner de moi. Tantôt je traduisais mal votre affection, votre tendresse despotique..... Mieux comprise maintenant, je l'explique, je la justifie; mais où serait l'homme... si comme vous je consentais à me marier... où serait l'homme assez hardi, assez honorable, assez fort de lui-même, assez fort de moi, assez fort surtout contre le monde, le monde qui ne demande que l'apparence furtive d'un jour d'erreur pour condamner à mort toute une vie; quel est l'homme, dites, oh! dites, qui ne rougirait pas de me donner sa main et de partager son nom avec moi? Quel est l'homme...

SOMERVILLE.

Il est trouvé.

LOUISE.

Qu'entends-je?

SCÈNE IV.

Les Mêmes, SAINT-PERAY, LOMBARDY, ADELINE.

SAINT-PERAY, bruyamment.

Parbleu! je n'ai jamais dit le contraire.

LOMBARDY.

Pardon! vous avez dit le contraire. (Bas à Louise.) Je n'ai pu retenir plus longtemps votre amie.

ADELINE, à Louise.

Ah! chère amie, je suis impatiente de te féliciter : tes serres sont vraiment délicieuses; elles n'ont qu'un défaut, c'est que les heures s'y écoulent trop vite. Quatre heures!... à cette heure-là, la matinée est finie. (Elle prend Louise sous le bras.) Je ne t'ai presque pas vue ce matin; et ton boudoir qu'il me reste à admirer, ce fameux boudoir dont on parle tant; je ne veux pas te dire adieu sans en avoir admiré les merveilles. (En marchant avec Louise.) Puis une idée à te faire adopter : Tu m'as parlé l'autre jour de ta villa de Chantilly; donne une fête à Chantilly pour les courses.

LOUISE, tristement.

Le monde y viendra-t-il?

ADELINE.

Oui. Chantilly c'est comme les bains de mer : on foule aux pieds l'étiquette. Comme je vais parler anglais! Nous ne parlions qu'anglais, monsieur Bernard et moi. Je t'ai promis d'amener Irma.

LOUISE.

Je te remercie.

ADELINE.

Son droguiste de mari y consent : nous nous amuserons de sa simplicité. C'est toute la rue Saint-Denis, y compris la cour Batave, que j'introduirai dans la villa. (Se retournant. A Saint-Peray.) Suivez-nous, Bienvenu, et si vous êtes sage, nous vous permettrons de prendre du poisson tout à votre aise à Chantilly. Venez! vous verrez un boudoir comme vous m'en offrirez un pour votre fête.

SAINT-PERAY.

En marchant, je vais te raconter ainsi qu'à madame...

ADELINE.

Bienvenu! Bienvenu!

SAINT-PERAY.

Non... je...

ADELINE.

Chut!... charmant. (Ils sortent.)

SCÈNE V.

SOMERVILLE, LOMBARDY.

SOMERVILLE.

Vous m'avez dit avant-hier que vous n'étiez pas sûr de passer l'hiver à Paris.

LOMBARDY.

Oui, et d'un moment à l'autre je puis... Auriez-vous quelque mission à me donner à l'étranger? au Japon, au Kamtchatka, à Tombouctou?

SOMERVILLE.

Lombardy, ne commencez-vous pas à être fatigué de cette vie errante dont je n'entrevois pas pour vous le terme?

LOMBARDY.

Parfois, oui ; quoiqu'elle ait bien son charme.

SOMERVILLE, ils s'asseyent sur le pouf, au milieu.

Si l'on vous proposait le repos?

LOMBARDY.

Sans la fortune?

SOMERVILLE.

Avec la fortune.

LOMBARDY.

J'accepterais...

SOMERVILLE.

Ces fameux cinquante mille francs de rente...?

LOMBARDY, soupirant.

Que je n'aurai jamais!

SOMERVILLE.

Vous pourriez peut-être les avoir.

LOMBARDY.

La plaisanterie me ravit : pourtant la réalité me charmerait davantage.

SOMERVILLE.

Ce n'est peut-être pas une plaisanterie : qui sait?

LOMBARDY.

Il faut alors que l'on ait découvert en moi quelque faculté...

SOMERVILLE.

Depuis longtemps j'ai découvert en vous une passion.

LOMBARDY.

Rien qu'une?

SOMERVILLE.

Celle qui les comprend toutes : la passion de l'or.

LOMBARDY, ils se lèvent et se promènent.

La plus belle. Revenons; et vous me savez un oncle richissime, qui aura bientôt l'extrême bonté de mourir, et de me faire, en partant, cinquante mille livres de rente.

SOMERVILLE.

Mais...

LOMBARDY.

D'abord je n'ai pas d'oncle... Il est vrai que j'ai des tantes, mais fort pauvres.

SOMERVILLE.

Enfin, vous vous contenteriez de cette somme... si longtemps rêvée.

LOMBARDY.

Je ne m'en dédis pas.

SOMERVILLE.

Lombardy, vous étonnez-vous encore de quelque chose dans ce monde? (Ils s'arrêtent au milieu.)

LOMBARDY.

Franchement, oui.

SOMERVILLE.

Et de quoi?

LOMBARDY.

De m'entendre faire cette question. M'étonner! allons donc! A Venise, l'année dernière, on m'a montré, dans un café, le descendant d'un ancien doge pinçant de la mandoline pour avoir un sou ; et j'ai rencontré, pas plus tard que ce matin, en venant ici, la fille de mon ancienne portière, madame Michelon, traînée dans une voiture à quatre chevaux, équipage magnifique qui s'est arrêté tout à coup devant l'hôtel que j'habitais autrefois. Le cocher a crié : La porte !... C'est madame Michelon qui est venue ouvrir à sa fille.

SOMERVILLE.

Très-bien ! mais c'est là l'œuvre des autres. Vous étonneriez-vous de vos propres œuvres ?

LOMBARDY.

Difficilement. D'abord, j'en ai déjà fait qui causeraient quelque joie, j'en suis sûr, au descendant de l'ancien doge et à la fille de madame Michelon. (Il s'assied à droite.)

SOMERVILLE.

C'est étrange ! c'est étrange !

LOMBARDY.

Quoi donc ?

SOMERVILLE, assis sur le pouf.

Lord Nelson, que j'ai beaucoup connu autrefois, avait un ami qui avait absolument besoin, comme vous, de quarante ou de cinquante mille livres par an pour vivre à sa guise.

LOMBARDY.

Parbleu ! je ne suis pas le seul au monde qui possède ce désir. Je connais beaucoup d'honnêtes gens...

SOMERVILLE.

Lord Nelson, qui était fort riche, dit un jour à cet ami : Mon cher, ne calomniez plus le sort ; soyez heureux ! je vous assure cinquante mille livres de revenu.

LOMBARDY, se levant et s'asseyant auprès de Somerville.

Lord Nelson lui dit cela !

SOMERVILLE.

Oui, il lui dit : Je vous donne un hôtel et une maison de campagne dont vous toucherez les produits. Bref, je vous assure, lui répéta-t-il, cinquante mille livres de revenu.

LOMBARDY.

En vérité ! Il faut tuer sur-le-champ celui qui vous fait un pareil mensonge ou le bénir dans les siècles des siècles s'il dit vrai.

SOMERVILLE, se levant.

Il faut tout bonnement accepter.

LOMBARDY, se levant.

Accepter... (A part.) Oh ! Bianca ! Bianca ! moi riche !... ton fils...! tu serais heureuse là haut !... (Haut.) Et cet ami, accepta-t-il ?

SOMERVILLE.

Il accepta.

LOMBARDY.

Il fit bien.

SOMERVILLE.

Vous avez raison. Je ne connais rien de plus franc que de répondre à l'excentricité par l'excentricité.

LOMBARDY.

Mais n'était-ce que de l'excentricité de la part de ce lord généreux ?

SOMERVILLE.

Non.

LOMBARDY.

Ah !... alors c'était de l'intérêt ?

SOMERVILLE.

Oui.

LOMBARDY.

J'aurais dû m'en douter. L'histoire de votre lord et de son ami ne finit donc pas là ?

SOMERVILLE.

Non. Lord Nelson dit ensuite à son ami...

LOMBARDY.

Ah ! voyons !

SOMERVILLE.

Consentiriez-vous à vous marier ?...

LOMBARDY.

Toujours pour les cinquante mille livres de rente ?

SOMERVILLE.

Toujours ! pour les cinquante mille livres de rente.

LOMBARDY.

Il répondit sans doute à lord Nelson ce que j'aurais moi-même répondu : J'épouse qui vous voudrez, où vous voudrez, quand vous voudrez ; mais étaient-ce là toutes les conditions ?

SOMERVILLE.

Toutes !

LOMBARDY.

Toutes ?

SOMERVILLE.

« Moins une, » répondit le lord à son ami.

LOMBARDY.

Et cette condition ?...

SOMERVILLE.

La voici : « La femme que vous allez épouser habitera Londres, Paris ou Édimbourg, » la capitale n'y fait rien.

LOMBARDY.

Absolument rien.

SOMERVILLE.

« Et vous, mon ami, où il vous plaira. »

LOMBARDY.

Ah ! charmant ! Je devine, c'était quelque sœur, quelque nièce, bien laide, bien difforme, dont ce lord bizarre voulait se défaire au prix de cinquante mille livres de rente. Ma foi, c'est charmant : le mariage sans le ménage ; la dot sans la femme !

SOMERVILLE.

Vous eussiez donc consenti, vous ?

LOMBARDY.

Si j'eusse consenti !

SOMERVILLE.

Et le traité une fois conclu, vous l'eussiez respecté ?

LOMBARDY.

Sur ma foi de gentilhomme, dont je n'ai donné à personne le droit de douter. Est-ce que, par hasard, cet ami de lord Nelson ne consentit pas ?

SOMERVILLE.

« A quand le mariage ? » demanda-t-il.

LOMBARDY.

Bravo !

SOMERVILLE.

« Dans un mois, » lui répondit lord Nelson, qui ajouta : « La cérémonie finie, vous partirez immédiatement. »

LOMBARDY.

« Immédiatement ! » — dut répondre avec joie l'ami de votre ami, à son ami.

SOMERVILLE.

Oui ; mais lord Nelson ajouta encore : « Et une fois parti, vous ne reviendrez plus. »

LOMBARDY.

Oui... que quelquefois seulement.

SOMERVILLE.

« Non, non, vous ne reviendrez jamais, » — dit lord Nelson.

LOMBARDY.

Jamais ?

SOMERVILLE.

Jamais !... sans m'avoir prévenu.

LOMBARDY.

Sans vous avoir..... (se reprenant) sans l'avoir prévenu... Il y a dans ces paroles, dont la surprise renverse mes premières suppositions... Tenez, Somerville, il devait y avoir là-dessous quelque mystère... décidément, à la place de cet ami, je n'aurais pas accepté ; non ! j'aurais voulu connaître auparavant la femme que lord Nelson me destinait ; je lui aurais dit : « Commencez par me faire connaître cette femme et puis... »

SCÈNE VI.

LES MÊMES, ADELINE, LOUISE, SAINT-PERAY, BOROSKI, MALLER, entrant par la porte latérale de droite et se dirigeant pour sortir vers celle du fond.

ADELINE, à Louise.

Pour cette fois, je te dis adieu.

SOMERVILLE, montrant Louise à Lombardy et n'étant entendu que de Lombardy.

Cette femme... la voici.

LOMBARDY, dans un étonnement immense, à part.

Louise... (Haut.) Elle !!!

SOMERVILLE, le doigt sur la bouche.

Chut !...

ACTE IV.

Chantilly. Le théâtre représente un salon de villa, ouvrant sur la campagne par des arceaux élégants : terrasse remplie de caisses et de pots de fleurs, se joignant de plain pied au salon. Au delà de cette terrasse la pelouse de Chantilly et un arc de forêt ; au fond les écuries du prince de Condé. Aux murs du salon sont appendus des trompes, des ceinturons avec des couteaux de chasse. Tables de jeu ouvertes, cartes en paquets et éparpillées sur ces tables. Piano, jardinières, portes latérales et trois entrées par le fond, désordre pittoresque, riche et distingué.

SCÈNE I.
ADELINE, IRMA, vêtues en Amazones.

ADELINE.

Vive Chantilly ! vivent les chasses ! vivent les courses ! vive le sport ! vive le turf ! vive le sporting ! vivent les sportmen ! et vive Louise, qui nous traite si magnifiquement à sa délicieuse villa Graciosa !

IRMA.

Qu'est-ce que c'est qu'une villa ?

ADELINE.

C'est une campagne.

IRMA.

Et pourquoi l'appelle-t-on ainsi ?

ADELINE.

Parce que quand on est riche, une campagne s'appelle villa. Et tu verras quel ravissant souper nous aurons ce soir !... et après le souper illumination, feu d'artifice, promenade aux flambeaux ! Et je ne te dis pas tout !

IRMA.

Oui, Louise est charmante de nous avoir invitées aux courses : je n'oublierai jamais...

ADELINE.

Ne sommes-nous pas ses deux meilleures camarades de pension ?

IRMA.

Sans doute, mais toutes les camarades de pension...

ADELINE.

C'est qu'elles n'ont pas toutes des villas...

IRMA.

Mais explique-moi comment Louise...

ADELINE.

Possède celle-ci ?... C'est bien simple : elle a épousé monsieur de Lombardy, qui, devenu tout à coup très-riche, a acheté cette villa à monsieur de Somerville, pour la donner à Louise.

IRMA.

Parfaitement ; mais, explique-moi encore...

ADELINE.

Une autre fois. Nous avons peu de temps... Tu as déjà perdu ta matinée à te promener sentimentalement dans le parc de Sylvie. . les courses ont lieu à deux heures... il est une heure et demie : il ne nous reste qu'une demi-heure ; pendant cette demi-heure je vais te faire des reproches. (Elles s'asseyent à gauche.)

IRMA.

A moi ?

ADELINE.

Très-sérieux : pendant ces deux premiers jours des courses, tu m'as fait monter vingt fois le rouge au visage par tes gaucheries sans nombre. D'abord, à Chantilly, il faut avoir l'air anglais ; tu n'as pas du tout l'air anglais.

IRMA.

Comment veux-tu ?... je suis de Paris.

ADELINE.

Raison de plus. Le beau mérite d'avoir l'air anglais lorsqu'on est Anglaise ! Aie donc l'air anglais, je t'en supplie.

IRMA.

Que faut-il faire ?

ADELINE, elles se lèvent.

On marche droit devant soi, les bras collés au corps, et très-vite, très-vite ! comme un chasseur de Vincennes, et en disant à chaque pas : Oh ! oh ! oh ! Toi, tu auras toujours la bêtise d'être pleine de grâces. Mes reproches ne sont pas finis. Avant-hier et hier tu n'as pris aucune part aux courses : tu n'as fait que manger des gâteaux sur la pelouse. On ne vient pas à Chantilly comme à Saint-Cloud pour manger du pain d'épices. Il faut jouer, parier, gagner, perdre, s'animer, s'exalter, palpiter d'émotion.

IRMA.

Je palpiterai d'émotion.

ADELINE.

Pour cela il faut parier.

IRMA.

Je parierai.

ADELINE.

Pour quel cheval parieras-tu ?

IRMA.

Je n'en sais rien.

ADELINE.

Voilà ! tu me fais encore rougir. Enfin ! écoute-moi, candide Irma : je vais te nommer les chevaux engagés aujourd'hui, et tu me diras ensuite celui pour lequel tu veux parier. Est-ce clair ?...

IRMA.

Très-clair.

ADELINE, ouvrant son calepin.

Chevaux engagés : Mustapha, Méhémet-Pacha, Ali-Baba, Bou-Maza, Coucaratcha, Parasolina, et voilà ! Moi, je parie pour Parasolina, et toi ?...

IRMA.

Moi, pour : Et voilà !

ADELINE.

Mais, malheureuse ! Et voilà n'est pas le nom d'un... Mais non, ce reproche ferait trop ressortir ton infernale ignorance. Écoute, règle générale, tu parieras toujours contre moi.

IRMA.

Ah ! ceci, je le comprends.

ADELINE.

C'est bien heureux ! Ainsi, je parierai d'abord pour Parasolina ; toi par conséquent pour Ali-Baba.

IRMA.

Ah ! c'est charmant. Et combien parierons-nous ?...

ADELINE.

Vingt louis chaque fois.

IRMA.

Vingt louis ! vingt louis !

ADELINE.

Ne t'effraye pas. A Chantilly, un louis... (Deux heures sonnent.) Mais deux heures sonnent. Les courses vont commencer. Partons ! partons ! James ! Bob ! Dick ! Nol !

IRMA.

A qui en veux-tu donc ?

ADELINE.

J'appelle Jean, Olivier et Nicolas, les domestiques de Louise. Je les appelle en anglais. (Deux valets se présentent.) Nos chevaux ! (Les valets se retirent.)

IRMA.

Est-ce que nous partons sans Louise ?

ADELINE.

Louise a bien autre chose à faire en ce moment ; son mari vient d'arriver.

IRMA.

Ah ! et quand donc est-il arrivé ? Je le croyais en Italie.

ADELINE.

Tantôt, par le convoi d'une heure, pendant que vous rêviez, madame, dans le bois de Sylvie. Louise n'attendait pas son mari, et tu comprends, un mari qu'on n'attend pas,... ça fait plaisir, mais ça dérange toujours un peu.

IRMA.

Je ne connais pas monsieur de Lombardy ; je crois que personne de nous ne le connaît beaucoup. Pourquoi est-il parti ? Pourquoi est-il revenu ?

ADELINE.

Je ne sais pas pourquoi il est parti ; mais on prétend que monsieur de Lombardy ayant lu en Italie dans un journal français que Louise avait failli être tuée dans la chute qu'elle fit la semaine dernière, — tu sais, aux Champs-Élysées, le jour où les chevaux de sa voiture se sont emportés, — il s'est empressé de revenir.

IRMA.

Très-bien, mais cela fait que moi qui n'ai pas de voitures, si monsieur de Lombardy était mon mari, il serait resté en Italie.

ADELINE.

Dame !

IRMA.

Ça n'est pas naturel; n'importe ! je serai charmée de le voir.

ADELINE.

Lui aussi sera charmé; mais, viens !

IRMA.

Quoi ! toutes seules? si du moins ton mari...

ADELINE.

Mon mari? Ah bien, oui, mon mari ! Monsieur de Saint-Peray
pêche depuis cinq heures du matin, de superbes poissons rouges...
qu'il dit avoir découverts... Il en a rêvé toute la nuit... nous le
retrouverons ici, au retour. Voyons, viens-tu, ou je te laisse.

IRMA.

Mais songe, sans cavalier, au milieu de tous ces hommes.

ADELINE.

Oh ! rue Saint-Denis ! mais à Chantilly les femmes sont des hommes, et les hommes sont des chevaux.

LOUISE, appelant de la coulisse.

Adeline ! Adeline !

ADELINE, contrariée.

Il est trop tard, Louise m'appelle; va m'attendre un instant sur
la pelouse, je cours te rejoindre, va ! (Irma sort.)

SCENE II.

LOUISE, ADELINE.

LOUISE.

Chère Adeline, monsieur le comte de Lombardy, mon mari, est
de retour.

ADELINE.

Je le sais et je t'en félicite.

LOUISE.

Oui, il daigne revenir après m'avoir laissée deux mois dans le
silence et l'isolement d'une solitude...

ADELINE.

Assez... assez étrange.

LOUISE.

Inexplicable, absolue; car malgré mes craintes, craintes injustes,
monsieur de Somerville a compris ma position et celle que m'a
faite mon mariage !

ADELINE.

On se figure aisément que monsieur de Somerville ne l'ait pas
vu avec un contentement infini.

LOUISE.

C'est lui qui l'a voulu, qui m'a suppliée, qui m'a forcée, je pour-
rais dire...

ADELINE.

Lui ! Ah ! j'ignorais entièrement...

LOUISE.

J'ai résisté d'abord, j'ai refusé quand j'ai su que l'homme dont
j'allais porter le nom était Gaston de Lombardy, Gaston que j'ai
aimé autrefois.

ADELINE.

Je le rappelais moi-même l'hiver dernier à Paris, — te souviens-tu? ce premier amour né sous le beau ciel de Naples. Oui,
tu l'as beaucoup aimé.

LOUISE.

Je l'ai blâmé ensuite pour cette vie brisée, aventureuse, qui l'a-
vait éloigné de mon cœur sans l'effacer de mon souvenir.

ADELINE.

Le monde était allé beaucoup trop loin sur le compte de monsieur de Lombardy. Mais, tu le sais, l'opinion ne fait pas de pri-
sonniers, elle tue.

LOUISE.

Monsieur de Somerville le justifia si complétement, il me dit
avec tant de chaleur et de sincérité que Gaston avait toujours été
victime de la calomnie; il me prouva si bien que monsieur de
Lombardy ayant été mis en possession d'un immense héritage, allait rentrer dans la société avec l'indépendance de l'honnête homme
désormais au-dessus des mille tyrannies du besoin, que je cédai...

ADELINE.

Et qui oserait te blâmer ?

LOUISE.

J'acceptai donc monsieur de Lombardy comme celui au bras du-
quel le monde respecterait ma vie et mon obscurité.

ADELINE.

Et tu ne t'es pas trompée, chère Louise; tu as déjà la considé-
ration; le bonheur viendra un jour.

LOUISE.

Le bonheur?

ADELINE.

Il se fait quelquefois attendre; il a tant de gens à satisfaire !

LOUISE.

Viendra-t-il?

ADELINE.

Ce doute?

LOUISE.

Tu vas le partager. Sais-tu? — c'est à en devenir folle d'étonnement ! — sais-tu quelle est la première personne, mon mariage à
peine proclamé, qui s'est éloignée à l'instant même de moi, qui
s'est évadée? car son départ a été une fuite; c'est lui, c'est Gaston.

ADELINE.

Que dis-tu? ma surprise...

LOUISE.

Ai-je le droit d'être indignée? Disparaître ainsi, me laisser seule,
sans défense, en butte, quoi que tu en dises, à de nouvelles, à de fa-
tales interprétations? (Irma revenant, parlant du fond.)

IRMA.

Mais, Adeline, je t'attends toujours; les courses vont commencer... nos chevaux s'ennuient...

LOUISE.

Va, chère Adeline, va, je t'en prie... Je te dirai quelle détermination...

ADELINE.

A bientôt.

LOUISE.

A bientôt.

ADELINE, à Irma.

Come with me, my dear... (Adeline et Irma sortent.)

LOUISE, seule.

Oui, ma détermination est irrévocable, je veux, je dois le traiter
comme il m'a traitée; je veux le fuir comme il m'a fuie, mon parti
est pris. (Elle sonne, Juliette paraît.)

SCENE III.

LOUISE, JULIETTE.

LOUISE.

Vous allez, par mon ordre, faire préparer immédiatement une
chaise de poste. Vous direz que c'est pour vous, pour un voyage
que je vous ai chargée de faire; entendez-vous? Quand elle sera
prête et attelée, vous direz au postillon d'aller se placer à la grille
du parc, sous les grands marronniers, et là, d'attendre. Vous mon-
terez ensuite à ma chambre et prendrez dans mon secrétaire, en
voici la clef, deux rouleaux de mille francs en or, et me les appor-
terez... On vient ! ne perdez pas de temps, allez vite ! (Juliette sort.)

SCENE IV.

LOUISE, assise à gauche, LOMBARDY.

LOMBARDY.

Louise ! je puis enfin vous voir seule; je puis vous peindre l'ef-
froi, la douleur où m'a jeté cette nouvelle.

LOUISE.

Les journaux ont exagéré le danger et le mal.

LOMBARDY.

Je suis venu... je ne sais pas comment je suis venu; je me suis
jeté dans une chaise de poste, j'ai fatigué les relais, je n'ai pas
dormi une seule nuit, et me voilà.

LOUISE.

C'est un empressement bien subit, après deux mois...

LOMBARDY.

Louise, vos reproches...

LOUISE.

La promptitude du retour ne peut se comparer qu'à la soudai-
neté du départ.

LOMBARDY.

De l'ironie ! mais ironie et reproches j'accepte tout ! oui, vous
avez droit de m'accabler... (Il s'assied près d'elle.)

LOUISE.

Moi !

LOMBARDY.

De me demander compte...

LOUISE.

Nullement. Vous aviez sans doute un motif pour préférer l'Italie à tout autre pays quand vous avez quitté la France le jour même...

LOMBARDY.

Eh bien! oui, j'avais un motif... ce motif est un secret...

LOUISE.

Un secret!...

LOMBARDY.

Mes torts sont trop réels, trop graves, je me sens trop coupable envers vous pour vous le cacher plus longtemps; mon aveu sera un commencement d'expiation.

LOUISE.

Ce trouble, cette émotion... parlez!

LOMBARDY.

Oh! oui! je parlerai, car il y a des silences qui tuent comme le poison; ce silence meurtrier me dévorait loin de vous; je me sentais mourir. Non! je ne vous dirai pas!... je n'oserai jamais vous dire...

LOUISE, assise.

Qu'est-ce donc?

LOMBARDY.

Vous ne m'aimiez pas, d'ailleurs, et loin de vous un devoir impérieux m'appelait, m'attirait, comme la pitié appelle et la consolation attire.

LOUISE.

Quel devoir pouvait vous retenir loin de moi?

LOMBARDY.

Le plus doux, le plus pur de tous : à Naples.... j'avais laissé mon fils.

LOUISE.

Votre!...

LOMBARDY.

Mon fils, mon âme, ma vie, mon orgueil. Ah! oui... pardon... vous ne saviez pas... il a dix ans, il est page à la cour du roi de Naples, où sa grâce et son intelligence le font aimer et admirer de tous.

LOUISE.

C'est le fils de Bianca.

LOMBARDY.

Oui, le fils de Bianca; ma légèreté avait tué la mère; je n'ai pu me créer une espèce de pardon que dans ma tendresse pour ce pauvre enfant. Elle est infinie. J'ai tout mis dans cette chère affection; oui, Dieu me pardonnera peut-être d'avoir causé la mort de Bianca.

LOUISE, à part.

C'est moi qui l'ai causée!

LOMBARDY.

Si Dieu tient compte des efforts surhumains que j'ai faits pour élever cet enfant, pour en faire un riche et vaillant gentilhomme.

LOUISE, à part.

Que n'ai-je su tout cela! (haut.) Et le monde ignorait aussi!...

LOMBARDY.

Que voulez-vous, madame! quand on n'a qu'une vertu, il faut la garder; je suis bon père. Si vous voyiez Luidgi, madame, — c'est le nom de mon fils, — si vous voyiez cet air noble, cette charmante figure d'enfant et cette fierté d'homme, vous me diriez.... vous me diriez...

LOUISE.

Qu'ai-je besoin de vous le dire? je l'aime déjà.

LOMBARDY, prenant la main de Louise.

Louise! ah!... je ne l'ai jamais tant aimé qu'aujourd'hui. Vous aimez mon fils, il le saura!... je le lui dirai... Mais Luidgi ne sait pas que je suis marié... il ne sait même pas qu'il a perdu sa mère... il ne connaît pas sa mère.

LOUISE.

Eh bien! dites-lui que je suis sa mère.

LOMBARDY.

Vous! vous voudriez... Ah! il y a des jours dans la vie où l'on est presque heureux d'avoir commis des fautes, pour être convaincu qu'il y a un Dieu au ciel qui prépare lentement le pardon, et sur la terre des femmes qui sont chargées par lui, depuis que les anges ne sont plus visibles, de le remettre aux coupables!... Oh! non, je ne puis pas dire à Luidgi qu'il a une mère; non, je ne puis pas lui dire qu'elle est bonne et belle, comme il est bon et beau, parce que... parce que... l'enfance est curieuse : Luidgi me

demanderait pourquoi, lorsque son père est à Naples, sa mère...

LOUISE.

Eh bien! sa mère, qui pourrait l'empêcher d'aller avec vous près de lui?

LOMBARDY.

Vous avez dit!... Je n'ai donc pas su lire dans votre âme!... Avenir de joie et de bonheur! Mais il est impossible, il est fermé pour moi. « Ils verront le bonheur des élus, a dit le livre saint. » et ce sera leur châtiment. » C'est mon châtiment!

LOUISE.

Gaston! vous ne me dites pas tout.

LOMBARDY.

Si je disais un mot de plus, ce regard qui brille d'une pitié si attentive et si douce, m'écraserait.

LOUISE.

Gaston!...

LOMBARDY.

Plus tard!... plus tard... De grâce, à votre tour... pendant mon éloignement, étiez-vous heureuse?

LOUISE.

Oh! très-heureuse! à part le pénible soin d'expliquer mon isolement, tout me souriait... Vous m'avez faite si riche!... Voulais-je fuir le bruit de Paris, en quelques heures mes chevaux m'entraînaient rapidement de mon hôtel à cette délicieuse villa où mes amis accouraient comme aujourd'hui ; monsieur de Boroski, monsieur Muller, monsieur de Saint-Peray, Adeline, Irma. Chacun d'eux vante mon faste, mes toilettes, ma beauté, mon bonheur... mon bonheur, surtout! Je vous le répète, vous m'avez faite si riche!...

LOMBARDY.

Heureuse! tant mieux! du moins... Mais parmi ces amis que vous avez nommés... vous... vous en oubliez un peut-être.

LOUISE.

Et qui donc?

LOMBARDY.

Un ami d'autrefois... intime.

LOUISE.

C'est?...

LOMBARDY, avec un effort douloureux.

Monsieur Henri de Somerville.

LOUISE.

Monsieur de Somerville... pourquoi... pourquoi rappeler un passé?...

LOMBARDY.

Bien récent.

LOUISE.

Effacé.

LOMBARDY, amèrement.

Pourquoi?...

LOUISE.

Si j'eusse éprouvé pour monsieur de Somerville un sentiment plus vif, plus profond que celui d'une affectueuse reconnaissance, je ne serais pas devenue, je pense, l'épouse d'un autre.

LOMBARDY.

Achevez!

LOUISE.

Je n'ai plus rien à ajouter.

LOMBARDY.

Rien?...

LOUISE.

Monsieur de Somerville, c'est bien simple, a respecté la foi jurée à celle qui est devenue sa femme, comme il a respecté le repos de celle qui est devenue la vôtre. Je ne vois pas...

LOMBARDY, avec joie.

Il n'est pas venu!

LOUISE, dignement.

Mais qui donc l'attendait?

LOMBARDY, vivement.

Personne... oh! personne!...

LOUISE, à part.

Ces questions... je saurai...

THOMPSON, d'un air effaré.

Les glaces et le vin de Champagne que Chovot devait envoyer, ne sont pas encore arrivés.

LOUISE.

Qu'importe! Laissez-nous, Thompson.

LOMBARDY, à Thompson.

Non, restez!... Pardon... vos invités... On peut déjà trouver étrange que vous les délaissiez ainsi...

LOUISE.

Oui, peut-être...

LOMBARDY.

Si Chevel est en retard, qu'on aille à Paris... Prenez le meilleur cheval pour vous rendre au chemin de fer. Allez! (Thompson sort.)

LOUISE.

Je veux savoir, monsieur...

LOMBARDY.

Encore une fois, pardon..... Mais on s'étonne, à coup sûr, que ni vous ni moi ne paraissions aux courses qui ont lieu en ce moment.

LOUISE.

Vous avez raison. Eh bien! allez, monsieur; mais ensuite...

LOMBARDY.

Je reviens bientôt avec vos amis.

LOUISE.

Vous me direz alors...

LOMBARDY, d'un ton léger.

Rien, rien! je n'ai rien à vous dire... Après souper, nous improviserons un bal... Votre amie, madame de Saint-Peray, m'a fait promettre...

LOUISE.

Vous êtes chez vous.

LOMBARDY, baisant la main de Louise. A part, avec un sentiment de tristesse.

Chez moi!

SCENE V.

LOUISE, seule.

Monsieur de Somerville ne m'avait pas trompée : on avait noirci, calomnié Gaston. Je me croyais oubliée, abandonnée, et, sur le bruit d'un accident que sa tendresse pour moi avait douloureusement augmenté, Gaston revient; il revient et me parle de ses tristesses, de ses infortunes; il me parle de son fils, il me parle de moi; il me rappelle une passion... Toutes ses paroles contenues, mais ardentes, me disent, me crient jusqu'au fond du cœur, que cette passion a été, toute sa vie, l'origine de ses fautes, la cause de ses malheurs! Je ne le savais pas... je ne savais rien, rien!... Mais pourquoi a-t-il jeté sur ce tableau déjà si pénible l'ombre d'un nom?... Ce nom de monsieur de Somerville, qui revenait sans cesse et avec tant d'amertume sur ses lèvres?... — Mes invités!

SCENE VI.

LOUISE, MALLER, BOROSKI, SAINT-PERAY.

BOROSKI.

Avez-vous vu, monsieur, quel pari... c'est exorbitant!

MALLER.

Hi! hi! C'est fort drôle!

BOROSKI.

Vous ririez d'un tremblement de terre, vous!

MALLER.

Pourquoi non? (Il rit.) Hi! hi! hi!

BOROSKI.

A la fin, monsieur!

MALLER.

Après tout, monsieur!

BOROSKI, d'un air farouche, lui remettant sa carte.

Ancien militaire, monsieur!

MALLER, lui remettant une grande adresse.

Ancien négociant, monsieur! Mon fils est mon successeur!

LOUISE.

Qu'y a-t-il, messieurs?

MALLER, riant.

Rien!

BOROSKI.

Comment, rien? Il y a, madame, que votre amie, madame de Saint-Peray, perd en ce moment des sommes considérables.

LOUISE.

Adeline?

BOROSKI.

Elle perd cent louis!

LOUISE.

Cent louis! En vérité, mais je suis désolée... Cent louis!...

SCENE VII.

LOUISE, ADELINE, IRMA, MALLER, BOROSKI, LOMBARDY.

ADELINE.

Non, pas cent louis, mais bien deux cents louis, et c'est madame (elle désigne Irma) qui les gagne. J'ai perdu, c'est vrai; mais je m'honore de ma défaite. Parasolina avait trois têtes d'avance sur Ali-Baba; jusqu'au dernier moment il a eu la corde; sans la folie de Gaveston, le groom qui le montait, Gaveston qui a trop bu ce matin de l'aie, du wiskey et du stout, je gagnais infailliblement le prix. Mais, je le redis avec orgueil, je préfère ma défaite au Derby et au Handicape!

IRMA, s'asseyant à gauche.

Comme cette Adeline parle bien anglais!

ADELINE, à Irma.

A propos, réglons nos comptes. — J'ai perdu deux cents louis contre toi.

BOROSKI.

Deux cents louis!

ADELINE.

Colonel!... ne recommencez pas vos étonnements : à Chantilly, pendant les courses, un louis ne veut pas toujours dire vingt francs. Pour quelques-uns, c'est connu de tout le monde, un louis veut dire un franc. Pour Irma et pour moi, cela voulait dire un sou; j'ai perdu deux cents louis, c'est donc deux cents sous que je te dois, Irma; voilà dix francs, nous sommes quittes. (Tout le monde rit.)

LOMBARDY.

Ah! charmant! pour ne pas laisser refroidir cette belle ardeur de jeu et de paris dont ces dames sont possédées, je propose une petite partie de lansquenet.

ADELINE.

Oh! oui, le lansquenet!

IRMA.

Le lansquenet!

ADELINE.

N'oubliez pas ce que vous m'avez promis, monsieur de Lombardy, de nous faire danser ce soir.

LOUISE.

Oui, ma chère; mais les pianos de Chantilly ne sont pas toujours d'accord. Nous essayerons. (Elle se met au piano et joue.)

LOMBARDY, à Boroski.

Colonel, soyez le banquier, à vous l'honneur! (Pendant que Boroski s'installe comme banquier et que tous les invités se groupent autour d'une table de jeu, Juliette entre.)

JULIETTE, parlant bas à Louise qui l'écoute assise au piano.

Vos ordres sont remplis, madame : on attelle la chaise de poste, voici les deux mille francs en or. (Juliette lui remet deux petits rouleaux.)

LOUISE, bas, à Juliette.

Très-bien!

LOMBARDY, qui s'est approché.

Qu'est-ce donc?

LOUISE, vivement.

Rien! (Juliette sort.)

MALLER, à Lombardy, pendant que Boroski bat les cartes et que Louise joue au piano quelques airs.

Votre femme est vraiment charmante.

LOMBARDY.

Un peu sérieuse depuis quelques minutes.

MALLER.

Ah çà, comment avez-vous pu vous décider à la quitter presque immédiatement après la noce? car si je compte bien...

LOMBARDY, contrarié.

Une grave affaire de famille...

MALLER.

Elle devait être bien grave! Rester si longtemps loin d'une aussi jolie femme! Deux mois...

LOMBARDY, de plus en plus contrarié.

Il n'a pas dépendu de moi...

MALLER.

Ma foi! je n'ai plus votre jeunesse, mais je n'y tiendrais pas si j'étais séparé... Quelle tournure... quelle grâce!

LOMBARDY.

Oui... oui... monsieur. (A part.) Quel supplice!

MALLER.

Je comprends votre amour, mais, sarpejeu! je ne comprends vos absences.

LOMBARDY se lève rapidement étouffant de rage.

Quelques soins à donner... vous m'excuserez. (A part, en s'en allant.) Cet homme vient de me souffleter. (Il sort.)

BOROSKI.

Je fais deux louis.

UN JOUEUR.

Moi, trois !

ADELINE.

Banquo !...

IRMA.

Voyons : est-ce des louis cette fois ou des sous que tu joues?

ADELINE.

Parbleu ! cette fois, c'est...

BOROSKI.

Banquier gagne !

ADELINE, vivement.

C'est des sous.

LOUISE, tout en jouant mélancoliquement au piano.

Partir ! à quoi bon maintenant?

SCÈNE VIII.

LES MÊMES, SOMERVILLE, entrant sans bruit d'un air heureux et riant.

SOMERVILLE.

C'est moi.

LOUISE, se levant spontanément.

Monsieur de Somerville !

SOMERVILLE, aux personnes qui jouent.

Que personne ne se dérange !... (A Louise à mi-voix.) Enfin, après deux mois donnés à la tyrannie des convenances, j'ai pu quitter Londres et revoir mon cher Paris. C'est vous que je voulais revoir, vous seule ! et je vous revois, Louise ! ah ! je suis bien heureux ! mais vous ne me dites rien, parlez-moi ; oh ! parlez-moi !

LOUISE.

Mon étonnement est si grand !...

SOMERVILLE.

Pas plus grand que mon bonheur. Mais vous avez raison... l'étonnement... J'ai tenu à vous surprendre... vous ne m'en voulez pas?...

LOUISE.

Oh !...

SOMERVILLE.

Je vous savais à Chantilly. Je me suis dit : Louise ne m'attend pas. Je pars, j'arrive, je cours à Chantilly ; elle sera à se promener au jardin avec ses bonnes amies ou à son piano ; j'entre sans bruit, je lui donne un petit coup sur l'épaule, elle se retourne... et tout s'est réalisé comme mon cœur l'avait prévu. Remerciez donc mon cœur. (Les personnes occupées à jouer quittent peu à peu le salon avec un certain air de mystère.)

ADELINE.

Chut ! c'est monsieur de Somerville ! il arrive deux heures après le mari ; c'est drôle !

SAINT-PÉRAY.

D'ordinaire... c'est avant... que...

ADELINE.

Bienvenu ! ne faites pas le plaisant... ça porte malheur... (A tous.) Soyons discrets ! (Tous sortent, excepté Louise et Somerville.)

SCÈNE IX.

SOMERVILLE, LOUISE, puis LOMBARDY.

LOUISE.

Pourquoi s'en vont-ils?

SOMERVILLE.

Ce sont des gens charmants ! Ils ont compris...

LOUISE, tremblante.

Quoi donc?

SOMERVILLE.

Que j'avais beaucoup à vous dire. Désormais, Louise, je ne quitte plus Paris.

LOUISE.

Ah ! vous ne quittez plus...

SOMERVILLE.

Non ! un de mes amis vient d'être appelé au ministère. Je me suis fait donner par lui une mission politique à Paris. Ne me demandez pas ce que c'est que cette mission. Elle est tellement secrète que je l'ignore moi-même ; mais aux yeux de mon père, du monde et de madame de Somerville, elle explique et justifie à l'avenir toutes mes absences de Londres et de la Cour. Donc, je reste toujours à Paris. (A Louise qui est très-émue.) Vous m'écoutez bien?

LOUISE.

Oui, je...

SOMERVILLE.

Vous saviez bien, Louise...

LOUISE.

Je sais que vous aviez juré à votre père...

SOMERVILLE.

Que tant que vous ne seriez pas mariée, je ne viendrais pas à Paris... vous êtes mariée. Mais vous tremblez... comme vous tremblez, Louise !

LOUISE.

Moi !... Vous êtes marié aussi... votre femme...

SOMERVILLE.

Elle a mon nom, mes titres... vous seule avez tout mon amour.

LOUISE.

Je ne dois plus désirer, milord...

SOMERVILLE.

Comment !

LOUISE.

Si monsieur de Lombardy, si mon mari...

SOMERVILLE.

Lui ! ah ! ah ! cet homme n'existe plus pour vous. Il n'aimait que l'or, il en a, il en a beaucoup ; il ne vivait que pour le jeu, l'agitation, les plaisirs ; il s'y plonge tout entier, maintenant qu'il est riche. Pourquoi vous occuper de lui?... L'histoire de son brusque départ m'a été racontée... Il est à Naples, où il s'éteindra bientôt dans les excès de la vie italienne.

LOUISE.

Plus bas ! plus bas ! milord, par pitié !

SOMERVILLE.

Par pitié ! pour qui, ma chère Louise? Nous sommes seuls et vous ne reverrez jamais Gaston de Lombardy.

LOMBARDY, bruyamment dans la coulisse.

Comment ! tout le monde est au jardin, et Louise seule !...

SOMERVILLE.

Cette voix ! Lui, ici ! madame !

LOUISE.

Pourquoi n'y serait-il pas ?

LOMBARDY, entrant.

Mais, Louise, venez donc !... je vous cherche... je... (Apercevant Somerville.)

SCÈNE X

LOUISE, LOMBARDY, SOMERVILLE ; puis THOMPSON.

SOMERVILLE.

J'étais loin de m'attendre à vous trouver à Chantilly.

LOMBARDY.

En effet... je...

LOUISE, à part.

Mon Dieu ! leur étonnement... leurs regards !... qu'est-ce donc?... (Haut.) Monsieur le comte est arrivé depuis quelques heures seulement.

SOMERVILLE, à Lombardy.

Je devine : l'attrait des courses aura sans doute engagé monsieur. Elles ont été fort brillantes, m'a-t-on dit.

LOUISE, regardant au fond. A elle-même.

Et personne ! personne ne viendra !

LOMBARDY.

Ce n'est pas précisément ce motif qui m'a fait quitter l'Italie pour venir à Chantilly.

LOUISE.

Mais n'était-il pas naturel ?...

SOMERVILLE, à Louise.

Pardon ! monsieur me comprend à merveille. Je suis heureux, monsieur, d'avoir eu la pensée de venir à Chantilly le même jour que vous. Ma foi ! on croirait que vous m'avez prévenu, et vous pouvez affirmer à madame que vous ne m'avez pas prévenu.

LOMBARDY.

J'affirme, milord, que je ne vous ai pas prévenu, et cela est aussi vrai que madame ignorait complétement, de son côté, que je dusse venir aujourd'hui...

SOMERVILLE.

Votre villa est charmante, monsieur de Lombardy ; votre jardin, dont la verdure se confond avec la pelouse et les arbres de la forêt, semble une dépendance du château de Chantilly. Vous pouvez vous croire seigneur ici.

LOMBARDY.

Milord, c'est aller bien loin !

LOUISE, à part.

Ce ton... ce persiflage...

SOMERVILLE.

Je suis vraiment fâché de paraître causer ici quelque embarras par ma présence.

LOUISE.

Monsieur !...

SOMERVILLE.

Pardon, madame, j'ai cru... pourtant les soins d'une maîtresse de maison qui reçoit, sont sacrés... ne vous gênez pas avec moi, avec nous, qui sommes vos amis : allez retrouver vos invités ; en vous attendant, nous causerons, monsieur et moi. Nous avons peut-être à causer...

LOUISE.

Rien ne m'appelle absolument ailleurs ; je resterai... si vous le permettez...

SOMERVILLE.

Vous le permettre ! chez vous ! madame ! mais vous êtes ici la maîtresse et la souveraine.

LOUISE.

En ce cas... (Elle sonne. Après un moment d'attente, pendant lequel elle ne perd pas de vue Somerville et Lombardy, qui se regardent avec l'expression de leur position morale, Thompson paraît.) Veuillez prier ces messieurs et ces dames, qui sont au jardin, de venir reprendre leur partie de jeu interrompue ; il ne faut pas que la présence de monsieur de Somerville éloigne personne.

SOMERVILLE.

Comment, madame ! mais je vous en prie.

LOUISE.

Allez, Thompson. (Thompson sort.)

SOMERVILLE.

Éloigner quelqu'un ! je veux même jouer ; je serai heureux au jeu aujourd'hui. A propos de jeu, monsieur de Lombardy, dans votre dernier séjour en Italie, avez-vous soutenu cette haute réputation de bonheur au jeu que vous aviez su vous faire ?

LOMBARDY.

Je ne joue plus, monsieur.

SOMERVILLE.

Vraiment ! bah ! vous jouerez encore...

LOMBARDY.

Non, monsieur, non !

SOMERVILLE.

C'est bien singulier ! aller joueur en Italie et en revenir corrigé ! Comptez-vous bientôt retourner en Italie ?

LOMBARDY.

Bientôt, oui... bientôt.

SOMERVILLE, s'approchant de Lombardy, bas.

Bientôt... c'est un peu indécis, on pourrait préciser... demain... ce soir... je vous l'ordonne !

LOMBARDY, bas à Somerville.

Attendez au moins que nous soyons seuls. .

LOUISE, terrifiée, les regardant tous deux, à elle-même.

Que se disent-ils? J'ai peur!... c'est moi qui suis cause... si je reste entre eux deux... quelque horrible, malheur... Eh bien ! puisque c'est moi... (Apercevant au fond les invités qui reviennent.) Ah ! venez ! venez ! Pourquoi nous avoir quittés ainsi? c'est mal ! très-mal ; monsieur de Somerville n'est pas un étranger...

SOMERVILLE.

J'ai l'orgueil de me croire un ami de tous vos invités, et si ces messieurs veulent me prouver que je ne me trompe pas dans ma bonne opinion, qu'ils reprennent leur intéressante partie de lansquenet, à laquelle je les prie de me permettre de prendre part.

SAINT-PERAY.

Mais comment, monsieur !

ADELINE, bas à Saint-Peray.

Bienvenu !

BOROSKI, désignant la table de jeu.

Je vous cède le trône, monsieur.

SOMERVILLE, allant vers la table de jeu.

Vous m'offrez d'être banquier... mais très-volontiers. (Il prend la place réservée au banquier et il est aussitôt entouré de tous les personnages qui sont en scène, excepté de Louise et de Lombardy.)

SOMERVILLE, après avoir fait le jeu suivant les règles.

Je fais quatre louis.

BOROSKI.

Moi, deux !

MALLER.

Moi ! je ne fais rien.

ADELINE.

Banquo !

IRMA, bas, à Adeline.

Est-ce encore des sous que tu joues, cette fois?

ADELINE, bas, à Irma.

Chut ! c'est un lord.

IRMA, bas, à Adeline.

Ah ! mais tu ne lui parles pas anglais?

ADELINE, bas.

Je crois bien... il le sait.

SOMERVILLE, après avoir joué.

Banquier perd ! A vous, monsieur Maller, à occuper ma place.

MALLER, en quittant la table.

Merci de l'honneur ! Merci ! je vous cède ma banque... (En riant.) Un joli jeu, un très-joli jeu !... Il va trop vite seulement. (Il se dirige vers Lombardy et Louise, et il leur dit à haute voix.) A la bonne heure ! voilà ! j'aime à vous voir ensemble .. Mais n'allez donc plus commettre l'incroyable maladresse de vous séparer... (Somerville écoute avidement ce que dit Maller.) Jeunes et beaux comme vous l'êtes tous deux, amoureux l'un de l'autre comme vous devez l'être tous deux, êtes-vous fous de vous perdre un seul jour de vue?

LOUISE.

Les circonstances...

LOMBARDY.

Les affaires...

MALLER.

La première affaire, c'est de s'aimer ; la seconde, de se le prouver. (Il rit.)

SOMERVILLE, ne sachant plus ce qu'il fait.

De quel côté ai-je posé la dernière carte?

BOROSKI.

Ici, monsieur... Non, là... vous n'y êtes plus.

SOMERVILLE.

Pardon, mais...

MALLER, à Louise et à Lombardy.

Je suis compatissant... Il y a longtemps que vous n'avez eu le bonheur d'être ensemble... Vous devez avoir beaucoup de choses à vous dire. (A Lombardy. — Il rit.) Ne vous gênez pas, renvoyez-nous de bonne heure... ce soir .. De très-bonne heure !... ce soir. De très-bonne heure ! entendez-vous?...

LOUISE, effrayée des propos de Maller.

Monsieur de Lombardy, obligez-moi, je vous prie, d'aller jouer quelques parties.

LOMBARDY.

Madame, vous savez que je ne joue plus.

LOUISE.

Jouez pour moi, je vous en supplie. (Elle lui remet les deux rouleaux qu'elle a pris dans sa poche. — Lombardy va silencieusement à la table de jeu.)

Dix louis.

BOROSKI.

Banquo ! Il gagne ! Quelle main !

BOROSKI.

Il y a soixante louis à faire ! (Lombardy pose silencieusement les deux rouleaux sur la table de jeu.)

SOMERVILLE, après avoir fait le jeu.

Banquier gagne !... (Après avoir ramassé les mises à droite et à gauche. A Lombardy.) Monsieur, vous avez joué trois rouleaux d'or.

LOMBARDY.

Pardon, monsieur, deux rouleaux seulement. Regardez...

SOMERVILLE.

J'en ai vu trois d'abord, je l'affirme.

LOMBARDY.

J'affirme le contraire.

SOMERVILLE.

Vous en avez retiré un... un peu tard.

LOMBARDY.

Non, monsieur, non ! (Trouble, agitation, inquiétude. On quitte la table.)

LOUISE.

Mon Dieu ! mon Dieu

SOMERVILLE.

J'en ai donc menti?

LOMBARDY.

Vous en avez menti!

SOMERVILLE.

Si je ne suis pas un menteur... qu'êtes-vous?

LOUISE.

Messieurs, vous êtes chez moi.

LOMBARDY, à l'assemblée, après un temps assez marqué.

On ne se justifie pas d'un outrage comme celui que je viens de recevoir. C'est bien, monsieur de Somerville. A vous seulement, messieurs, je dis que je ne puis avoir mis au jeu trois rouleaux d'or... je n'en avais que deux... Que madame l'affirme; c'est madame qui me les avait remis pour les jouer.

LOUISE.

Je l'affirme. (Étonnement général. — Au milieu de cette émotion, Louise, sans être remarquée, s'éloigne vers le fond.)

LOMBARDY, bas, à Somerville.

Milord, ma vie vaut la vôtre!

SOMERVILLE, de même, avec dédain.

Vous tuer! moi! Ah! vous m'avez coûté trop cher!...

LOMBARDY, à lui-même, se tordant les mains.

Oh! Louise! Louise!

THOMPSON.

Le souper est servi! (Pendant la scène à voix basse entre Somerville et Lombardy, Louise a disparu.)

MALLER, offrant son bras à Adeline.

Madame...

ADELINE.

Monsieur... (Cérémonial assez long.)

BOROSKI, offrant son bras à Irma.

Madame!...

IRMA.

Monsieur... (Cérémonial assez long.)

SAINT-PERAY, offrant son bras à une dame.

Madame... (La dame prend le bras de Saint-Peray. — Tous sortent; il ne reste en scène que Lombardy et Somerville qui cherchent Louise autour d'eux. — Un domestique entre et remet à Somerville un billet qu'il décachette vivement. — Le domestique s'en va.)

SOMERVILLE, à lui-même.

Que vois-je? Louise! Partie!

LOMBARDY, se mettant devant la porte, ayant deviné la pensée de Somerville.

Monsieur de Somerville me fera l'honneur de passer la nuit chez moi.

ACTE V.

Salon d'un goût sévère, bien clos; porte à droite, porte à gauche, au fond; ces deux portes séparées par une cheminée dans laquelle il y a du feu; porte latérale à droite conduisant à la chambre de Louise.

SCÈNE I.

LOMBARDY, THOMPSON.

LOMBARDY, assis dans un fauteuil, près de la cheminée.

Ainsi, rien de nouveau?

THOMPSON.

Rien de nouveau, monsieur le comte.

LOMBARDY.

Pas de lettres?

THOMPSON.

Aucune.

LOMBARDY, à part.

Quel silence! Cinq mois aujourd'hui; cinq mois! Il est toujours convenu que si vous apprenez quelque chose, vous viendriez aussitôt me prévenir; je dîne chez lord Campbell, vous savez?...

THOMPSON.

Je connais l'hôtel de lord Campbell.

LOMBARDY.

Mon manteau! (Thompson sort.) Lord Campbell, encore un nouvel ami qui me recherche avec empressement. Du reste, tout le monde m'accueille, tout le monde me sourit. Ah! sans ma conscience! Paris! que lui fait l'origine de votre fortune! Soyez millionnaire, il ne se souciera pas de savoir si vous avez été joueur, usurier ou pirate. Dans le grand salon où il vous reçoit au retour de toutes les Amériques possibles, il ne veut jamais voir les mains, il ne voit

que les gants! Mais Louise, ce bien que je mets au-dessus de tous les biens, me jugerait, elle! Ah! dans cette nuit fatale de son départ, pourquoi le pistolet de Somerville n'a-t-il pas mis fin à cet horrible rêve! (Thompson rentre et lui donne son manteau.) Après le dîner, j'irai aux Italiens. Pendant le spectacle, vous me trouveriez dans la loge vingt-quatre de la première galerie, et dans les entr'actes au foyer.

THOMPSON.

Monsieur peut compter sur moi. Monsieur le comte n'a plus rien à m'ordonner?...

LOMBARDY.

Qu'il y ait toujours bon feu ici et dans la chambre de madame.

THOMPSON.

Oui, monsieur le comte. (Lombardy sort. En s'en allant, il arrête un regard assez prolongé sur Thompson.)

SCÈNE II.

THOMPSON, seul.

Comme il m'a regardé... Qu'il y ait toujours bon feu dans la chambre de madame. (Il désigne la porte latérale à droite.) Depuis cet hiver, et voilà déjà plus de trois mois, nous chauffons continuellement cette chambre et fort inutilement. Bientôt cinq mois, si je compte bien, que personne, excepté moi, n'y a mis les pieds. Me serais-je trompé? Est-ce que ce regard de monsieur le comte... Bah! c'est une idée que je me fais. Il paraît que madame se trouve bien aux eaux. Je dis comme les autres, car qui sait à quelles eaux ma dame est allée? sait-on seulement où elle est allée? Enfin... les affaires des maîtres ne nous regardent pas... Allons faire du feu dans la chambre de madame. (Il va pour entrer dans la chambre, Somerville paraît.)

SCÈNE III.

SOMERVILLE, THOMPSON.

THOMPSON, à part.

Déjà!

SOMERVILLE.

Monsieur de Lombardy?

THOMPSON.

Il vient de sortir, milord.

SOMERVILLE.

Je le sais.

THOMPSON.

Il dîne ce soir chez lord Campbell, faubourg Saint-Honoré.

SOMERVILLE.

Je le sais! (A part.) Lord Campbell, la meilleure cave d'Europe. Ce moyen... ai-je le choix des moyens!... (Haut.) Ensuite, où se rend-il?

THOMPSON.

Ensuite, il ira aux Italiens.

SOMERVILLE.

Vous estimez qu'il sera minuit quand il rentrera.

THOMPSON.

Plus de minuit, milord. (Somerville s'approche de la cheminée tandis que Thompson va entrer dans la chambre de Louise.)

SOMERVILLE.

Il faut qu'il soit plus de minuit. (Thompson s'incline et sort.)

SCÈNE IV.

SOMERVILLE, seul, assis près de la cheminée, puis THOMPSON.

SOMERVILLE.

Relisons la dépêche électrique que j'ai reçue d'Orléans, ce soir à cinq heures, et qui m'a été expédiée par un de mes agents secrets. « Madame Louise de Lombardy vient d'arriver à Orléans : elle » prendra le convoi de Paris dans un quart d'heure. » (Il regarde l'heure.) Huit heures et demie. Louise va arriver... Que de sacrifices pour elle! Quand je devrais être à Londres, au milieu de ma famille, qui s'étonne de mes éternelles absences; quand je devrais mener cette grande existence pour laquelle je suis né, je vis obscurément à Paris... Et ce que j'ai dévoré de tristesse, depuis l'ineffaçable soirée de Chantilly, depuis cinq mois! cinq mois de vaines recherches, de voyages stériles, d'espérances déçues, de douleurs et de folie. Je me souviendrai de ma jeunesse. Oh! mais, qu'elle vienne! qu'elle vienne!

THOMPSON, sortant de la chambre de Louise et traversant rapidement le salon pour sortir.

Monsieur! monsieur! une chaise de poste entre dans la cour.

SOMERVILLE.

C'est elle! (Arrêtant Thompson au passage.) Vous vous souvenez... que personne ne se hâte d'aller prévenir!...

THOMPSON.

Soyez tranquille. (Il sort.)

SOMERVILLE.

Courons au-devant d'elle ! (Il va pour sortir, Louise paraît.)

SCÈNE V.

SOMERVILLE, LOUISE, suivie de JULIETTE, qui porte un sac de nuit, un carton et entre tout droit dans la chambre de Louise.

SOMERVILLE.

Louise ! Louise ! c'est vous ?

LOUISE, au comble de l'étonnement.

Vous ici !... je vous croyais à Londres.

SOMERVILLE.

Je l'ai quitté pour toujours et pour ne plus vous quitter.

LOUISE.

Monsieur de Somerville !... je ne vous ai pas entendu.

SOMERVILLE, l'arrêtant.

Vous m'écouterez ! Mais comme vous êtes toujours belle, ma Louise. D'où venez-vous ? Où êtes-vous allée ?... Vous vous taisez !... Ah ! laissez-moi interroger ce cœur à défaut de cette bouche qui se tait. (Il veut se rapprocher plus vivement de Louise qui s'éloigne.)

LOUISE.

Milord, je vous donnai un jour le portrait de votre mère. Piété pour piété. Entre vous et moi, il y a... regardez, un sachet de velours.

SOMERVILLE.

Eh bien ?

LOUISE.

Dans ce sachet, il y a des fleurs ; et ces fleurs ont été cueillies à Naples sur le tombeau de ma mère.

SOMERVILLE.

Je vous comprends. Allez, vous qui avez toutes les pudeurs comme vous avez toutes les grâces, déposer dans votre appartement cette relique sainte que la tendresse même la plus pure ne doit pas profaner de son approche. Je vous attendrai.

LOUISE, se retirant dans sa chambre.

Merci, monsieur de Somerville, merci.

SOMERVILLE, interdit.

Monsieur de Somerville !...

SCÈNE VI.

SOMERVILLE, seul, puis JULIETTE.

SOMERVILLE.

Toujours monsieur de Somerville ! ce ton respectueux... Ah ! il s'explique par ce sentiment de piété filiale qui la préoccupe en ce moment... Non... je ne dois pas m'étonner... Louise va me revenir comme autrefois... C'est elle !

JULIETTE, sortant de la chambre de Louise.

Madame est très-fatiguée du voyage. Elle prie monsieur de Somerville de l'excuser, mais elle n'espère pas pouvoir descendre au salon de toute la soirée. (Elle sort.)

SCÈNE VII.

SOMERVILLE, seul.

La fatigue du voyage... toute la soirée... Quand dois-je la revoir ?... Elle ne fait pas seulement dire si demain... demain !... J'aurai une explication sur-le-champ ! (Il se dirige brusquement vers la porte de la chambre de Louise, mais il s'arrête tout à coup, en entendant la voix joyeuse et animée de Lombardy au dehors.)

LOMBARDY, au dehors.

Merci, Daniel, merci, mon ami, de ton exactitude ; elle aura sa récompense.

SOMERVILLE, profondément étonné et contrarié.

Lui !

SCÈNE VIII.

SOMERVILLE, LOMBARDY, par la porte du fond qu'il tient entr'ouverte.

LOMBARDY, parlant du dedans au dehors.

Quant à vous, monsieur Thompson, je vous chasse ; oui, je vous chasse ! faquin ! Louise est arrivée, et vous ne courez pas me prévenir ! ma femme est ici... et vous... (Il aperçoit Somerville, il s'arrête dans son exclamation.) Ah ! par exemple ! Je ne m'attendais pas... Il me semble pourtant que l'autre fois à Chantilly... Vous m'avez cassé le bras. Mais vous êtes tombé aussi... j'y voyais mieux que ce soir. Venez-vous pour recommencer ? Asseyez-vous, nous causerons tout à l'heure de tout ça ! (Il sonne.)

SCÈNE IX.

LOMBARDY, SOMERVILLE, JULIETTE.

SOMERVILLE, à part.

Le sommelier de lord Campbell m'a tenu parole, mais Daniel.. (Juliette paraît.)

LOMBARDY, à Juliette.

Annoncez-moi à madame.

SOMERVILLE, à Juliette.

Retirez-vous. (Juliette sort. A Lombardy.) Madame ne sortira pas de son appartement ce soir.

LOMBARDY, d'une voix émue par l'ivresse.

Ah ! elle ne sortira pas de son appartement. Et qui vous l'a dit ?

SOMERVILLE.

Elle-même.

LOMBARDY.

Ah ! c'est elle... vous l'avez donc vue ?

SOMERVILLE.

Apparemment.

LOMBARDY.

Mais comme il fait froid ce soir... horrible temps !... Vous prenez toute la cheminée... toute la... Si vous me faisiez un peu de place... je suis gelé... gelé partout... excepté la tête... elle est en feu... voulez-vous me faire un peu de place ?...(Il va se placer près de Somerville qui s'éloigne aussitôt.)

SOMERVILLE, à part.

Maudit soit ce Daniel qui l'a prévenu !

LOMBARDY.

Ce lord Campbell ! diables d'Anglais, va ! ils mettent de l'eau-de-vie dans tout... Bordeaux... Champagne... Les barbares !... ça m'a tout... C'est la première fois... Ce bon feu me ranime !... Voyons, madame ne sortira pas ce soir de son appartement... c'est très-bien !... mais elle n'a pas dit qu'on n'entrerait pas dans son appartement... puisqu'elle ne l'a pas dit... (Il prend un flambeau et se dirige vers la chambre de Louise en murmurant :) Ce grand valet de lord Campbell qui me versait toujours... diables d'Anglais !

SOMERVILLE, lui coupant le chemin, et se plaçant entre lui et la chambre de Louise, mais à quelques pas de distance de la porte.)

Je vous ai dit la volonté de madame.

LOMBARDY, qui semble avoir oublié la présence de Somerville.

Ah ! pardon !.... j'oubliais, et pourtant Daniel m'a dit...

SOMERVILLE.

La volonté de madame est que personne n'entre chez elle.

LOMBARDY.

Personne... oui... mais moi ?...

SOMERVILLE.

Pas plus vous qu'un autre, monsieur de Lombardy, c'est sa volonté. (Il prend le flambeau des mains de Lombardy et va le remettre sur la cheminée.)

LOMBARDY.

Ah ! pas plus moi que... (Il s'assied et tire doucement et machinalement de sa poche un pistolet qu'il roule en jouant dans ses doigts, puis il se frappe le front.) Si Daniel m'a dit vrai, quelqu'un m'a joué un vilain tour... quand la tête est ainsi échauffée... on a des idées singulières... (Il recommence à jouer avec le pistolet.)

SOMERVILLE, qui l'examine attentivement, à part.

Que vois-je ! il est armé !

LOMBARDY, comme s'il sortait d'un long travail d'esprit.

Non ! (Il remet le pistolet dans sa poche.) Je me dis ceci : Si c'est sa volonté que je n'entre pas chez elle, et que ma volonté soit d'y entrer... j'y entrerai... (Il se lève, s'empare de nouveau du flambeau et fait le mouvement d'aller encore vers la chambre de Louise.)

SOMERVILLE, le saisissant par le poignet.

Non-seulement c'est sa volonté, mais c'est aussi la mienne que vous ne sortiez pas d'ici, monsieur, pour entrer là. (Il replace vivement le flambeau sur la cheminée.)

LOMBARDY, dont la voix devient graduellement plus nette.

Votre volonté ?... vous !

SOMERVILLE.

Oui, monsieur.

LOMBARDY.

Votre... allons donc ! est-ce que je ne suis pas chez moi ?...

SOMERVILLE.

Monsieur de Lombardy !

LOMBARDY.

Or, si je suis chez moi, dans mon hôtel !...

SOMERVILLE.

Qui vous l'a donné cet hôtel ?

LOMBARDY.

Oh! taisez-vous!...

SOMERVILLE.

Monsieur de Lombardy, un jour, un aventurier vint à moi ; sa bizarrerie me plut autant que son désordre me frappa. Je ne lui accordai pas mon amitié ; mais comme il était gentilhomme et l'un esprit assez original, je lui donnai une partie de mes loisirs, souvent mon or, toujours ma protection : vous m'écoutez, monsieur de Lombardy? Comme je le savais capable de tout pour acquérir la richesse et les prétendus plaisirs qu'elle procure, je lui proposai hardiment, en échange d'un revenu de cinquante mille francs...

LOMBARDY.

Oh! taisez-vous! taisez-vous, elle est là!

SOMERVILLE.

Oui, pour tout cet or dont je vous comblai, pour toutes ces prodigalités que je répandis sur vous, pour ce luxe dont je vous rassasiai, je vous offris de jouer un rôle qui ne devait pas coûter beaucoup à un homme comme vous, puisque vous n'aimiez pas celle que vous consentiez à épouser à la condition...

LOMBARDY, avec explosion.

Je l'aimais, milord!

SOMERVILLE, de même.

Vous l'aimiez! c'est faux! mais ce mensonge est l'ouvrage de votre ivresse.

LOMBARDY.

C'est cette ivresse qui est votre ouvrage : je sais tout! vous avez gagné mes gens... ceux de lord Campbell...

SOMERVILLE, troublé.

Comment?...

LOMBARDY.

Mon fidèle Daniel m'a tout dit : notre première lutte était digne, armes égales, le pistolet pour chacun, la nuit pour tous les deux. Mais dans ce combat déloyal que vous venez sournoisement de me livrer... Ah! milord, j'étais sans défense, et pour auxiliaires vous avez choisi le vin et des laquais.

SOMERVILLE.

Monsieur! vous oubliez...

LOMBARDY.

Je n'ai pas oublié, oh! non, la position que vous m'avez faite. Cette position a été d'abord un étonnement, puis une tristesse, une douleur, une honte, une honte qui ne me quitte jamais. J'ai beau m'enfouir dans mon or, il me semble toujours qu'on me voit, qu'on me raille, qu'on me hue... et je veux redevenir ce que j'étais, car Louise... Oh! regardez-moi bien, je ne suis plus ivre! je vous dis que je l'aime, que je l'aime autant, plus que vous ne l'avez jamais aimée... Laissez-moi donc passer... mais laissez-moi passer!

SOMERVILLE, à Lombardy.

N'avancez pas!

LOMBARDY, qui le menace de son pistolet.

Oh! ma tête enflammée!... prenez garde!

SOMERVILLE.

Je suis sans armes! (Louise secouant la porte qui cède ; elle se jette entre Somerville et Lombardy dont elle saisit le bras.)

SCÈNE X.

LOUISE, SOMERVILLE, LOMBARDY.

LOUISE.

Arrêtez!... c'est moi qu'il faut frapper, s'il faut qu'un de nous disparaisse ; je suis lasse de vivre, si c'est vivre, au milieu de ces ténèbres qui m'étouffent. (Lombardy jette le pistolet sur un canapé au fond.) Monsieur de Somerville, vos retours mystérieux, vos actes de violence et de fureur, que veulent-ils dire?... que voulez-vous de moi? vous ai-je autorisé?... (Changeant de ton.) Pardon, monsieur de Somerville, pardon, si je vous parle avec cette liberté, c'est la liberté de la douleur. Oui, vous m'avez aimée, vous m'aimez encore; mais n'est-ce pas vous, vous seul qui, pour me donner, disiez-vous, un rang dans le monde, m'avez conseillé, imposé ce mariage contre lequel vous vous révoltez aujourd'hui? Prétendriez-vous me faire déchoir de ce rang?... c'est impossible! Que chacun reprenne donc sa place, la garde et le défende! la vôtre est à Londres : voici la mienne et j'y demeure! (Elle se place près de Lombardy, qui cache sa tête dans ses mains et s'appuie immobile sur le manteau de la cheminée.)

SOMERVILLE.

Je me soumets, madame... Avant de me retirer il me reste un mot à dire... à votre mari. Monsieur de Lombardy, je vais partir et vous allez me suivre. (Lombardy regarde le visage de Louise.)

LOUISE, à part.

Que dit-il?

SOMERVILLE.

Oui, vous allez me suivre. Tantôt vous m'avez donné une leçon de loyauté... je l'ai acceptée... mais qui professe doit être maître... A mon tour, je viens vous dire : Monsieur de Lombardy, vous m'avez engagé un jour votre parole d'honneur... (Mouvement de Lombardy.) votre parole d'honneur de gentilhomme — ce qui est bien encore quelque chose — au prix de cinquante mille livres de rente que je vous ai données.

LOUISE.

Qu'entends-je?

LOMBARDY, à part.

Ah! je me sens mourir!

LOUISE, montrant Lombardy.

Pourtant vous m'aviez dit... Cet héritage... il n'était donc pas riche?

SOMERVILLE.

Non, madame, il ne l'était pas.

LOMBARDY, foudroyé.

Louise, cet homme vient de vous dire la vérité, l'épouvantable vérité!

LOUISE.

Mais que lui avez-vous donc donné, vous?

SOMERVILLE.

Il m'avait juré sur l'honneur que jamais il ne reviendrait près de vous.

LOUISE.

Ah! oui... je devine... quelle clarté!... Et voilà pourquoi, vous, monsieur de Somerville, vous croyiez avoir le droit... Mais alors... (se tournant vivement vers Lombardy) mais alors vous m'avez vendue (Lombardy reste foudroyé) vendue !... Mais c'est une folie sans nom... une extravagance impossible... Vous n'avez pas fait cela... vous seriez déjà mort depuis que je vous parle. Non! vous n'avez pas vendu la femme qui vous a inspiré votre premier amour... Si vous eussiez fait ce marché, vous seriez lâche, vous seriez fou... Vendue!... mais on ne vend d'ordinaire que ce qui vous appartient, Monsieur! dites-moi si je vous appartiens?... Eh bien, soit! Vous m'avez vendue : marchand, livrez-moi donc, j'attends.

LOMBARDY.

Vous l'avez dit : il faut qu'un de nous trois disparaisse. Je pars. Vivez sans crainte : je quitte cet hôtel, j'y étouffe, ses murs m'écrasent ; je ne veux plus le revoir... Croyez-moi, Louise, je vous aimais. Mais j'ai accepté cet or, vous ne me devez que du mépris ; je suis payé. De l'or! puisque ce mot est venu sur mes lèvres, je dirai, Louise, que sachant bien que vous ne m'aimiez pas, ma pauvre âme brisée s'est vouée tout entière à un autre amour, à un amour que le remords a élevé jusqu'au fanatisme. Mon fils! je ne puis prononcer ce mot sans m'émouvoir, sans m'exalter, sans m'oublier. Je me vendrais moi-même comme esclave pour le voir heureux... Il ne me restait plus qu'à être infâme... je l'ai été.

LOUISE, très-émue : à elle-même.

Pour son fils! c'était pour son fils!

LOMBARDY.

Je vais près de lui maintenant... mais j'y vais digne de sa tendresse. (A Louise.) Madame, tous mes titres de propriété, toutes mes valeurs, tous vos diamants, enfin, tout ce que je possède se trouve dans mon secrétaire : en voici la clef. (Il remet la clef à Louise, puis il fait quelques pas pour s'en aller. — Louise après avoir reçu la clef la présente à Somerville.)

LOUISE, très-émue.

Je vous restitue ce que monsieur de Lombardy me rend.

SOMERVILLE.

Vous me restituez?...

LOUISE, d'une voix brisée.

Reprenez encore tout ce qui est ici... cet hôtel... les objets précieux... les richesses qu'il renferme... tout enfin.

SOMERVILLE.

Mais, madame, c'est votre bien.

LOUISE, tendant une seconde fois la clef d'une main tremblante à Somerville.

C'est le vôtre.

SOMERVILLE.

Vous pâlissez..: Du secours! du secours!

LOUISE, — Lombardy s'est élancé vers elle.

Non! personne!... personne!...

SOMERVILLE.

Que se passe-t-il donc ici? Aurait-il éveillé votre pitié trop généreuse par un nouveau mensonge?... Mais ce fils est un roman comme toute sa vie.

LOUISE.

Non, ce fils, je l'ai vu, je lui ai parlé à Naples, d'où j'arrive. Noble enfant! il porte sur son front le signe mélancolique de sa naissance. Je lui ai dit, j'ai dit au prince, à toute la cour, que j'étais sa mère!

LOMBARDY, tombant aux pieds de Louise dont il presse les mains.

Louise! Louise!

LOUISE.

Oui, sa mère. Il s'est jeté dans mes bras; il ne voulait plus s'en détacher. Ému, attendri, comme moi, le prince m'a dit : Je me charge de l'avenir de votre fils... Mon fils!... J'ai éprouvé par ce pieux mensonge toute la dignité maternelle que j'usurpais. En ce moment, j'ai cru entendre la mère de Luidgi me dire tout bas : Aime mon Luidgi comme j'ai aimé Gaston de Lombardy, son père, et tu seras pardonnée.

SOMERVILLE.

Gaston de Lombardy! vous l'aimiez, vous aussi, madame, et vous l'aimez encore!

LOUISE.

Milord, reprenez donc cette clef.

SOMERVILLE, prenant la clef.

Vous voulez donc le suivre? Oh! non, cela n'est pas possible. Vous vous taisez? J'aurais donc été joué, dupé par un aventurier!

LOUISE, arrêtant Lombardy qui fait un mouvement pour répondre à Somerville.

Pas un mot!

SOMERVILLE.

Mais répondez-moi, insultez-moi comme je vous insulte... Désespoir de ma vie! (Il jette la clef à terre.) Ce cœur que je lui avais donné, elle l'a tordu comme j'ai tordu cette clef; elle l'a ensuite jeté à terre comme j'ai jeté cette clef, qui, elle, du moins, ne s'est pas brisée! Moi qui les ai unis! Oh! qu'ai-je fait! qu'ai-je fait! je me suis perdu.

LOUISE.

Vous nous avez sauvés.

SOMERVILLE.

Pour eux le bonheur, pour moi l'oubli...

LOUISE.

Le souvenir d'une résignation courageuse... touchante... sainte comme le repentir. (Elle fait le mouvement de sortir.)

SOMERVILLE, sur le devant de la scène.

Vous partez! adieu, madame! adieu! ma jeunesse! elle finit!

LOMBARDY, à gauche sur le deuxième plan.

Mon bonheur commence, Luidgi!

LOUISE, qui a gagné le second plan, descend vers la porte pour sortir. Bas à Lombardy.

Bientôt vous lui rendrez une mère!

FIN.

UN franc le volume

COLLECTION MICHEL LÉVY

CHOIX DE MEILLEURS OUVRAGES CONTEMPORAINS, FORMAT GRAND IN-18, IMPRIMÉ SUR BEAU PAPIER SATINÉ, CONTENANT LA MATIÈRE DE 2 OU 3 VOLUMES IN-8°

Il paraît deux ou trois volumes tous les huit jours. — 450 volumes sont en vente.

Toute demande de 20 volumes et au-dessus sera envoyée *franco* dans toute la France, contre des mandats ou timbres-poste ; au-dessous de 20 volumes, il faut ajouter 25 centimes pour recevoir *franco* chaque volume.

Les mêmes ouvrages, reliure anglaise (toile), en ajoutant 50 centimes par volume.

AMÉDÉE ACHARD — vol.
- Parisiennes et Provinciales. 1
- Brunes et Blondes. 1
- Les Femmes honnêtes. 1
- Les Dernières Marquises. 1

ADOLPHE ADAM
- Souvenirs d'un Musicien 1
- Derniers Souvenirs d'un Musicien. 1

GUSTAVE D'ALAUX
- L'Emp. Soulouque et son Empire. 1

ACHIM D'ARNIM
Traduction Th. Gautier fils.
- Contes bizarres. 1

ALFRED ASSOLLANT
- Histoire fantastique du célèbre Pierrot. 1

XAVIER AUBRYET
- La Femme de vingt-cinq ans 1

ÉMILE AUGIER
- Poésies complètes. 1

J. AUTRAN
- Milianah. 1

TH. DE BANVILLE
- Odes funambulesques. 1

CHARLES BARBARA
- Histoires émouvantes. 1

ROGER DE BEAUVOIR
- Le Chevalier de Saint-Georges. 1
- Aventurières et Courtisanes. 1
- Histoires cavalières. 1
- Mademoiselle de Choisy. 1
- Le Chevalier de Charny. 1
- Les Soirées du Lido 1
- Le pauvre Diable 1

A. DE BERNARD
- Le Portrait de la Marquise. 1

CHARLES DE BERNARD
- Le Nœud gordien. 1
- Un Homme sérieux. 1
- Gerfaut. 1
- Les ailes d'Icare. 1
- Le Gentilhomme campagnard. 2
- Un Beau-père. 2
- Le Paravent. 1
- La Peau du Lion. 1
- L'Écueil. 1

Mme C. BERTON (née Samson)
- Le Bonheur impossible. 1
- Rosette. 1

LOUIS BOUILHET
- Melænis, conte romain. 1

RAOUL BRAVARD
- Une petite Ville. 1
- L'Honneur des Femmes. 1

ALFRED DE BRÉHAT
- Scènes de la vie contemporaine. 1
- Bras d'acier. 1

MAX BUCHON
- En Province. 1

H. BLAZE DE BURY
- Musiciens contemporains. 1

ÉMILIE CARLEN
Traduction de Mme Souvestre.
- Deux jeunes Femmes ou un an de mariage. 1

LOUIS DE CARNÉ
- Un Drame sous la Terreur. 1

ÉMILE CARREY
- L'Amazone. — Huit jours sous l'Équateur. 1
- Les Métis de la Savane. 1
- Les Révoltés du Para. 1
- Récits de Kabylie. 1

CÉLESTE DE CHABRILLAN
- Les Voleurs d'or. 1
- La Sapho. 1

CHAMPFLEURY
- Les Excentriques. 1
- Les Aventures de Mlle Mariette. 1
- Le Réalisme. 1
- Souffrances du Professeur Delteil. 1
- Les premiers Beaux-Jours. 1
- L'Usurier Blaizot. 1
- Souvenirs des Funambules. 1
- Les Bourgeois de Molinchart. vol. 1
- Les Sensations de Josquin. 1
- Chien-Caillou. 1

HENRI CONSCIENCE
Traduction Léon Wocquier.
- Scènes de la Vie flamande. 2
- Le Fléau du Village. 1
- Le Démon de l'Argent. 1
- Veillées Flamandes. 1
- La Mère Job. 1
- La Guerre des Paysans. 1
- Les Heures du Soir. 1
- L'Orpheline. 1
- Batavia. 1
- Aurélien. 2

COUVILLIER-FLEURY — vol.
- Voyages et Voyageurs. 1

GABRIEL DANTRAGUES
- Histoires d'amour et d'argent. 1

LA COMTESSE DASH
- Les Bals masqués. 1
- Le Jeu de la Reine. 1
- La Chaîne d'Or. 1
- Le Fruit défendu. 1
- Les Châteaux en Afrique. 1
- La poudre et la neige. 1
- La Marquise de Parabère. 1
- Le Salon du Diable. 1

LE GÉNÉRAL DAUMAS
- Le grand Désert. 1
- Les chevaux du Sahara. 1

PAUL DELTUF
- Aventures parisiennes. 1
- Les petits Malheurs d'une jeune Femme. 1

LE DIABLE A PARIS
- Le Tiroir du Diable. 1
- Les Parisiennes à Paris. 1
- Paris et les Parisiens. 1

CHARLES DICKENS
Traduction Amédée Pichot.
- Le Neveu de ma Tante. 2
- Contes de Noël. 1

OCTAVE DIDIER
- Madame Georges. 1
- Une Fille du Roi. 1

ALEXANDRE DUMAS
- Charles le Téméraire. 2
- La Vie au Désert. 1
- La Maison de glace. 2
- Les Drames de la mer. 1
- Les Trois Mousquetaires. 2
- Les Quarante-Cinq. 3
- La Reine Margot. 2
- Amaury. 1
- Le Père Gigogne. 1
- Une Fille du Régent. 1
- L'Arabie heureuse. 2
- Une Vie d'Artiste. 1
- Le Château d'Eppstein. 2

ALEXANDRE DUMAS FILS
- Aventures de quatre Femmes. 1
- La Vie à vingt ans. 1
- Antonine. 1
- La Dame aux Camélias. 1
- La Boîte d'Argent. 1

XAVIER EYMA
- Les Peaux noires. 1
- Les Femmes du nouveau monde. 1
- Le Roi des Tropiques. 1
- Le Trône d'argent. 1
- Les Peaux rouges. 1

PAUL FEVAL
- Le Tueur de Tigres. 1
- Les Dernières Fées. 1

GUSTAVE FLAUBERT
- Madame Bovary. 2

VALOIS DE FORVILLE
- Le Marquis de Pazaval 1
- Le Conscrit de l'An VIII. 1
- Le Comte de Saint-Pol 1

PAUL FOUCHER
- La Vie de plaisir. 1

THÉOPHILE GAUTIER
- Les Beaux-Arts en Europe. 2
- Constantinople. 1
- L'Art moderne. 1
- Les Grotesques. 1

ÉMILE DE GIRARDIN
- Émile. 1

Mme ÉMILE DE GIRARDIN
- Marguerite. 1
- Nouvelles. 1
- M. le Marquis de Pontanges. 1
- Contes d'une vieille Fille à ses Neveux. 1
- Poésies. 1
- Le Vicomte de Launay 4

LÉON GOZLAN
- Les Châteaux de France. 1
- Le Notaire de Chantilly. 1
- Émotions de Polydore Marasquin. 1
- Les Nuits du Père-Lachaise. 1
- La Famille Lambert. 1
- Histoire de Cent trente Femmes. 1
- Le Médecin du Pecq. 1

LÉON GOZLAN
- La dernière Sœur grise. 1
- Le Dragon rouge. 1
- La Comédie et les Comédiens. 1

HILDEBRAND
Traduction Léon Wocquier.
- Scènes de la Vie hollandaise. 1

HOFFMANN
Traduction Champfleury.
- Contes posthumes. 1

ARSÈNE HOUSSAYE
- Les Femmes comme elles sont. 1
- L'Amour comme il est. 1

CHARLES HUGO
- La Chaise de paille. 1
- La Bohème dorée. 1

F. VICTOR HUGO (Traducteur)
- Sonnets de Shakespeare. vol. 1
- Le Faust anglais de Marlowe. 1

F. HUGONNET
- Souv. d'un Chef de bureau arabe. 1

JULES JANIN
- Le chemin de traverse. 1
- L'Ane mort. 1

CHARLES JOBEY
- L'Amour d'un Nègre. 1

ALPHONSE KARR
- Les Femmes. 1
- Agathe et Cécile. 1
- Promenades hors de mon Jardin. 1
- Sous les Tilleuls. 1
- Une poignée de Vérités. 1
- Voyage autour de mon Jardin. 1
- Les Soirées de Sainte Adresse. 1
- La Pénélope normande. 1
- Encore les Femmes. 1
- Trois Cents Pages 1
- Les Guêpes. 6
- Menus Propos. 1
- Sous les orangers. 1
- Raoul. 1
- Roses noires et Roses bleues. 1
- Geneviève 1
- Le Chemin le plus court. 1

LÉOPOLD KOMPERT
Traduction Daniel Stauben.
- Scènes du Ghetto. 1

CHARLES LAFONT.
- Les Légendes de la Charité. 1

A. DE LAMARTINE
- Les Confidences. 1
- Nouvelles Confidences. 1
- Toussaint Louverture. 1
- Graziella. 1

VICTOR DE LAPRADE
- Psyché. 1

THÉOPHILE LAVALLÉE
- Histoire de Paris. 2

JULES LECOMTE
- Le Poignard de Cristal. 1

JULES DE LA MADELÈNE
- Les Ames en peine. 1

FÉLICIEN MALLEFILLE
- Le Capitaine La Rose. 1
- Marcel. 1
- Mémoires de Don Juan. 2
- Monsieur Corbeau. 1

X. MARMIER
- Au bord de la Newa. 1
- Les Drames intimes. 1
- Une grande dame russe. 1

LE Dr FÉLIX MAYNARD
- De Delhi à Cawnpore. 1
- Un Drame dans les mers boréales. 1

MÉRY
- Une Histoire de Famille. 1
- Salons et Souterrains de Paris. 1
- André Chénier. 1
- Les Nuits anglaises. 1
- Les Nuits italiennes. 1
- Les Nuits espagnoles. 1
- Les Nuits d'Orient. 1
- Le Château vert. 1
- La Chasse au Chastre. 1
- Une Conspiration au Louvre. 1
- Les Nuits Parisiennes. 1

PAUL MEURICE
- Scènes du Foyer (la famille Aubry) 1
- Les Tyrans de Village. 1

PAUL DE MOLÈNES
- Mémoires d'un Gentilhomme du siècle dernier. 1
- Caractères et récits du temps. 1
- Chroniques contemporaines. 1
- Histoires intimes. 1
- Histoires sentimentales et militaires. 1

FÉLIX MORNAND
- La Vie arabe. 1
- Bernerette. 1

HENRY MURGER
- Le dernier Rendez-vous. 1
- Le Pays Latin. 1
- Scènes de Campagne. 1
- Les Buveurs d'eau. 1
- Les Vacances de Camille. 1
- Le Roman de toutes les Femmes. 1
- Scènes de la Vie de Bohème. 1
- Propos de ville et de théâtre. 1
- Scènes de la vie de jeunesse. 1
- Madame Olympe. 1
- Le Sabot rouge. 1

PAUL DE MUSSET
- La Bavolette. 1
- Puylaurens. 1

NADAR
- Quand j'étais Étudiant. 1
- Le Miroir aux Alouettes. 1

GÉRARD DE NERVAL — vol.
- La Bohème galante. 1
- Le Marquis de Fayolle. 1
- Les Filles du Feu. 1
- Souvenirs d'Allemagne. 1

CHARLES NODIER
- Le Vicaire de Wakefield. 1

PAUL PERRET
- Les Bourgeois de campagne 1
- Histoire d'une jolie Femme. 1

AMÉDÉE PICHOT
- Les Poëtes amoureux. 1

EDGAR POE
Traduction Ch. Baudelaire.
- Histoires extraordinaires. 1
- Nouvelles histoires extraordinaires 1
- Aventures d'Arthur Gordon-Pym. 1

F. PONSARD
- Études antiques. 1

A. DE PONTMARTIN
- Contes et Nouvelles. 1
- Mémoires d'un Notaire. 1
- La fin du Procès. 1
- Contes d'un Planteur de choux. 1
- Pourquoi je reste à la Campagne. 1
- Or et Clinquant. 1

L'ABBÉ PRÉVOST
- Histoire de Manon Lescaut. 1

MAX RADIGUET
- Souvenirs de l'Amérique espagnole 1

B. H. RÉVOIL (Traducteur.)
- Les Harems du Nouveau Monde. 1
- Le Docteur américain. 1

LOUIS REYBAUD
- Le Dernier des Commis-Voyageurs 1
- Le Coq du Clocher. 1
- L'Industrie en Europe. 1
- Jérôme Paturot.—Position sociale. 1
- Jérôme Paturot.—République. 1
- Ce qu'on peut voir dans une Rue. 1
- La Comtesse de Mauléon. vol. 1
- La Vie à rebours. 1
- La Vie de Corsaire. 1

CHARLES DE LA ROUNAT.
- La Comédie de l'Amour. 1

JULES DE SAINT-FÉLIX
- Scènes de la Vie de Gentilhomme. 1

JULES SANDEAU
- Sacs et Parchemins. 1
- Nouvelles. 1
- Catherine. 1

EUGÈNE SCRIBE
- Théâtre, tomes 1 à 20. 20
- Nouvelles. 1
- Historiettes et Proverbes. 1
- Piquillo Alliaga. 1

GEORGE SAND
- Histoire de ma Vie. 10
- Mauprat. 1
- Valentine. 1
- Indiana. 1
- Jeanne. 1
- La Mare au Diable. 1
- La petite Fadette. 1
- François le Champi. 1
- Teverino. 1
- Consuelo. 1
- La Comtesse de Rudolstadt. 2
- André. 1
- Horace. 1
- Jacques. 1
- Lélia. 1
- Lucrezia Floriani. 1
- Le Péché de M. Antoine. 1
- Lettres d'un Voyageur. 1
- Le Meunier d'Angibault. 1
- Le Piccinino. 1
- Simon. 1
- La Dernière Aldini. 1
- Le Secrétaire intime. 1

ALBÉRIC SECOND
- A quoi tient l'Amour. 1

FRÉDÉRIC SOULIÉ
- Les Mémoires du Diable. 2
- Les Deux Cadavres. 1
- Les Quatre Sœurs. 1
- Confession générale. 1
- Au Jour le Jour. 1
- Marguerite. — Le Maître d'école. 1
- Le Bananier. — Eulalie Pontois 1
- Si Jeunesse savait... si Vieillesse pouvait. 1
- Huit jours au Château. 1
- Le Conseiller d'État. 1
- Un Malheur complet. 1
- Le Magnétiseur. 1
- La Lionne. 1
- Le Port de Créteil. vol. 1
- La Comtesse de Monrion. 1
- Les Forgerons. 1
- Un Été à Meudon. 1
- Les Drames inconnus :
- La Maison n°3 de la r. de Provence. 1
- Aventures d'un Cadot de Famille. 1
- Amours de Victor Bonsenne. 1
- Olivier Duhamel. 1
- Le Château des Pyrénées. 1
- Un Rêve d'Amour. 1
- Diane et Louise. 1
- Les Prétendus. 1
- Contes pour les enfants. 1
- Les quatre époques. 1
- Sathaniel. 1
- Le Comte de Toulouse. 1
- Le Vicomte de Béziers. 1
- Les Aventures de Saturnin Fichet. 1

ÉMILE SOUVESTRE — vol
- Un Philosophe sous les toits. 1
- Confessions d'un Ouvrier. 1
- Au coin du Feu. 1
- Scènes de la Vie intime. 1
- Chroniques de la Mer. 1
- Les Clairières. 1
- Scènes de la Chouannerie. 1
- Dans la Prairie. 1
- Les derniers Paysans. 1
- En Quarantaine. 1
- Scènes et Récits des Alpes. 1
- La Goutte d'Eau. 1
- Les Soirées de Meudon. 1
- L'Echelle de Femmes. 1
- Souvenirs d'un Vieillard. 1
- Sous les Filets. 1
- Contes et Nouvelles. 1
- Le Foyer breton. 1
- Les Derniers Bretons. 1
- Les Anges du Foyer. 1
- Sur la Pelouse. 1
- Riche et Pauvre. 1
- Les Péchés de Jeunesse. 1
- Les Réprouvés et les Élus. 1
- En Famille. 1
- Pierre et Jean. 1
- Deux Misères. 1
- Pendant la Moisson. 1
- Au bord du Lac. 1
- Les Drames parisiens. 1
- Sous les ombrages. 1
- Le Mât de Cocagne. 1
- Sous la tonnelle. 1
- L'Homme et l'Argent. 1
- Le Monde tel qu'il sera. 1
- Histoires d'autrefois. 1
- Le Mémorial de famille. 1
- Le Mendiant de Saint-Roch. 1
- Souvenirs d'un Bas-Breton. vol
- Théâtre de la Jeunesse. 1
- Trois Femmes. 1

MARIE SOUVESTRE
- Paul Ferroll 1

DANIEL STAUBEN
- Scènes de la Vie Juive. 1

DE STENDHAL (H. Beyle)
- De l'Amour. 1
- Le Rouge et le Noir. 1
- La Chartreuse de Parme. 1
- Promenades dans Rome. 1

Mme BEECHER STOWE
Traduction E. Forcade.
- Souvenirs heureux. 1

EUGÈNE SUE
- L'Orgueil. 1
- L'Envie. — la Colère. 1
- Gilbert et Gilberte. 1

E. TEXIER
- Amour et Finance. 1

LOUIS ULBACH
- Les Secrets du Diable. 1

OSCAR DE VALLÉE
- Les Manieurs d'argent. 1

AUGUSTE VACQUERIE
- Profils et Grimaces. 1

JULES DE VAILLY FILS
- Scènes de la Vie de Famille. 2

MAX VALREY
- Marthe de Monthrun. 1
- Les Filles sans Dot. 1

FRANCIS WEY
- Les Anglais chez eux. 2
- Londres il y a cent ans. 1

* * *
- Mme la duchesse d'Orléans. 1
- Souvenirs d'un officier du 2me zouaves. 1

* * *
- Les Zouaves et les Chasseurs à pied. 1

LAGNY. — Typographie de A. VARIGAULT et Cie